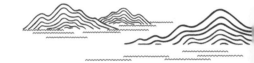

编委会

采风作品集

Wan Xiang
wudu

陇南市武都区文体广电和旅游局

陇南市诗歌学会

编

万象武都

敦煌文艺出版社

图书在版编目（C I P）数据

万象武都 / 陇南市武都区文体广电和旅游局，陇南市诗歌学会编. -- 兰州：敦煌文艺出版社，2023.8
ISBN 978-7-5468-2417-8

Ⅰ．①万… Ⅱ．①陇… ②陇… Ⅲ．①诗集－中国－当代 Ⅳ．①I 227

中国国家版本馆CIP数据核字（2023）第 153850 号

万象武都

陇南市武都区文体广电和旅游局
陇 南 市 诗 歌 学 会　　编

责任编辑：孟孜铭
封面设计：美　熙

敦煌文艺出版社出版、发行
地址：(730030)兰州市城关区曹家巷 1 号甘肃新闻出版大厦 23 楼
邮箱：dunhuangwenyi1958@126.com
0931－2131396（编辑部）
0931－2131387（发行部）

兰州银声印务有限公司印刷
开本　787 毫米×1092 毫米　1/32　印张 12　插页 2　字数 300 千
2023 年 12 月第 1 版　2023 年 12 月第 1 次印刷
印数　1～1000 册

ISBN 978-7-5468-2417-8
定价：48.00 元

孙袁伟

1985 年出生于甘肃武都。毕业于重庆大学。现为中国美术家协会会员，陇南市美术家协会秘书长，武都区文联副主席。

何炳杰

1993年生于陇南，毕业于齐齐哈尔大学中国画专业。现供职于陇南市文化广电和旅游局，现为中国工笔画学会会员、甘肃省美术家协会会员、陇南市美术家协会副秘书长、甘肃画院青年画院画家、陇南市第一批青年英才。

甘肃的春天是从这里开始的

赵文博

　　说武都春早，其实是在说陇南春早；说甘肃的春天是从武都开始的，其实是在说甘肃的春天是从陇南开始的。因为，陇南市委、市政府就设置在武都。

　　武都设郡，自汉武帝时代开始。初置西和，东汉初迁至成县，汉安帝时迁到今之武都。三国时代，武都既是诸葛亮"六出祁山"的必经之地，也是曹魏伐蜀的必经之地，战略地位十分重要。新中国成立以后，武都一直是甘肃省武都地区行政公署所在地。

　　无论从历史的角度看待，还是从地域的范围审视，今天的陇南市都应该被叫作武都市的，但在1985年甘肃省行政区划调整时却硬是将原来的武都地区更名成了陇南地区，2004年撤地设市时，陇南地区又被改成了陇南市，一个不该用作市名的名字就这样被叫了起来。

　　按理说，用"陇南"二字作市名，其地域指向明确，本无可厚非，但令人遗憾的是，历史上的"陇南"是一个地域概念，其范围包括当时的武都地区、天水地区、甘南州等一些地方，而1985年甘肃省行政区划调整时设置的"陇南市"范围却很小，只包括武都区、文县、康县、宕昌、礼县、西和、成县、徽县、两当县，所以现在的陇南市有名不副实之嫌。要用"陇南"作市名，就必须把天水市、甘南州还有定西市的一部分地方包括进来。

另外，陇南市和甘南州还有重名之嫌。因为甘肃省的简称有二，一曰甘，一曰陇，所以陇南和甘南其实是一个名字。当初给陇南市定名的时候人们似乎忘记了这一点。结果是陇南市的名称一经确定，千百年来地域概念上的大陇南就变成了现在行政区划上的小陇南，原来的武都地区就变成了现在陇南市的武都区。

中国的版图很大，地名很多，但称都的地方除了首都以外，就只有成都与武都了；中国的江河很多，但以龙命名的却只有两条，一条是东北的黑龙江，一条就是穿越武都城入嘉陵、进长江的白龙江。

首都和成都世人皆知，黑龙江的名气纵横天下，但武都和白龙江的名字却叫不响亮，陇南市的名字非但叫不响亮，而且在许多社会活动中还常常会出现误读、误听、误解的现象，原因固然很多，但定名时的草率却不能不说是一个难辞其咎的重要因素。

然而，人世间的任何一件事情，不管对错，一旦成为定论，要想再改过来，除非机缘巧合尚有可能，否则就会难于上青天。与时俱进、不甘落伍的武都人深知此理，故面对因当初起名不慎，而在后来经济社会发展中带来的种种困扰与烦恼，不争不吵不闹，但每一个人的心里却都铆足了一把劲——与其怨天尤人，莫如自强图新！

面对全国文化旅游产业如火如荼蓬勃发展的时代潮流，叫响陇南市的名字，让武都、白龙江和陇南市一起快速地走向全国、走向世界，就成了武都人民的迫切愿望，就成了陇南人民的心灵渴盼！

正是在这种渴望着尽快融入国内国际大循环的急切心情感召下，2023年的春姑娘刚一探头，武都区文化旅游局和陇南市诗歌学会联袂举办的"武都春早"知名作家、诗人走进武都文学采风活动就拉开了帷幕。

国家一级作家、著名诗人阳飏来了，鲁奖评委、甘肃省作协副主席牛庆国来了，《飞天》副主编、著名诗人郭晓琦来了，甘肃省委"四个一批"人才、著名诗人离离来了，陇南籍著名诗人毛树林、小米、包苞，以及40多位最具创作活力、最有发展潜质的作家、诗人也来了。他们肩负着武都人民赋予的神圣历史使命，以朝圣般的心情从全国各地来到了白龙江畔，他们要用诗人的眼光审美早春的武都，他们要用赤忱的心情度量陇南的春天，他们要用热情的诗作赞美武都，他们要用火热的文字推介陇南！

呈现在我们面前的这本诗集——《万象武都》，就是诗人们在《武都春早》文学采风活动期间的创作成果，就是诗人们奉献给武都人民的一份浓浓爱意和融融暖流。

陇南市地处青藏高原、黄土高原和秦岭石质山地的交汇地带，位于甘陕川三省交汇区，有"鸡鸣三省"之谓，是亚热带气候向暖温带气候的过渡带，是甘肃省唯一的长江流域地区。陇南境内山川奇峻，江河纵横，资源富集，物产丰饶，被李四光称为"复杂的宝贝地带"，被世人誉为"甘肃的西双版纳"和最适宜于发展文旅康养产业的"生态宜居之地"。甘肃的春天从这里开始，西北的春天在这里登陆。

武都的春天除了早，还很奇。

2023年"武都春早"知名作家、诗人走进武都文学采风活动启动时，白龙江两岸早已"红了樱桃，绿了芭蕉"，但广袤的北国大地却依然是一派"千里冰封，万里雪飘"的苍茫景象。

"一山有四季，十里不同天"的奇异景观，就出现在武都的早春时节。当白龙江两岸春意盎然时，武都城南山顶上的积雪依然闪烁着银色的光芒。用农学家的话表述，就是"山顶白雪皑皑，谷底稻花飘香"；用文学家的话描绘，就是"山顶积雪舞玉龙，谷底绿柳醉春风。一江碧波润两岸，菜花流金桃花红"。当武都南山顶上的积雪融化时，千里陇原也就莺歌燕舞、万紫千红了。

面对着漫山遍野明艳动人的野桃花和如烟似雾的山杏花，参加"武都春早"文学采风活动的众位诗人，心醉神迷，激情喷涌，一个个成了快乐的百灵鸟，歌喉婉转，旋律悠扬——

遥望着滔滔东去的白龙江，接触着古道热肠的武都人民，来自成都的阳飏君感慨万千，他不仅看到了武都如诗如画的春天，看到了武都人民对美好生活的向往，而且看到了陇南美不胜收的明天，"白龙江追着嘉陵江，一个人追着另一个人，追上了，相拥在一起，喜极而泣的泪水，一江流"。追上了嘉陵江，就是追上了长江，就是追上了时代的潮流，就是把握住了时代的脉搏。白龙江"喜极而泣的泪水"，是陇南人民跨上时代列车后，溢满眼眶的幸福之泪和感恩之泪；

当来自兰州的牛庆国先生面对白龙江两岸被春阳折射得睁不开眼睛的油菜花时，灵感迸发，欣喜不已，他既看到了其时在西北其他地方看不到的美景，更听到了油菜花"响彻崇山峻岭"的"黄金的音色"。"白龙江的涛声是花开的轰鸣，响彻崇山峻岭，大片大片的油菜花，有着黄金的音色"。"白龙江的涛声"，是"大片大片"的"油菜花"黄金一样的"音色"，多么神奇的想象，多么形象的比喻！这是一幅描绘《武都春早》的绝美画卷，这是一首鼓舞陇南人民奋进新时代雄洪强健的交响曲；

在诗人们穿越时空的无穷想象之中，广严院里的千年古柏，成了耸立人间的指路明灯和唤醒人性良知的"天之木铎"；在诗人们神情肃穆的顶礼膜拜下，朝阳洞里安卧千年而不腐的肉身睡佛，法相愈加慈悲，睡姿愈发安详；在诗人们赞不绝口的惊叹声中，朝阳洞寺院里1200岁高龄的青杨树上筑巢育雏的仙鹤，气定神闲，益发显得高贵脱俗；

当欣赏了赵朴初先生题写的"万象洞"三个摩崖石刻大字，进入被世人称为西北第一大溶洞的"人间奇观万象洞"后，面对着"造化神功两亿年，钟灵毓秀孕奇观"的梦幻景象，诗人们慧眼开启，口吐莲花，"随形赋意三千界，参透沧海辨桑田"——天宫、月宫、龙宫，四维呈现；人像、佛像、物像，万象更新；

在"进去一趟能让人幸福一辈子的八福沟里"，一草一木，一花一石都散发着祥光瑞气，在诗人们天马行空般的形象思维和联系当地经济发展的现实主义思想碰撞下产生的思想火花，为八福沟的乡亲们指出了一条可持续发展的金光大道，给八福沟里出产的崖蜜、香菇、木耳、明前茶、咂杆酒、散养鸡，开辟出了一条大众养生保健的绿色通道；

　　白沙沟里一群群金丝猴里的猴王们扶弱济困、不畏强暴的侠肝义胆，让诗人们大开眼界，叹为观止；而位于青山绿水间的五马小镇，转瞬间又把诗人们带进了一个魔幻般的童话世界；

　　位于大山深处的郭家大院里，制作精美的各种牌匾、楹联，雕花窗棂，以及人物形象栩栩如生、故事情节传神动人的系列砖雕和石雕，讲述着西秦岭茶马古道上曾经的繁华与辉煌，将诗人们带进了幽深的时光隧道和深度的思考状态；

　　张坝古村落巧借山形地势，一楼不用砌墙，以及"墙倒屋不塌"的榫卯式楼房木构架，把古人的聪明才智表现得淋漓尽致，将诗人们震撼得一个个目瞪口呆；

　　姚寨沟里的人间烟火，凭借着瑶池仙风扶摇直上，近在咫尺的千坝牧场成了名副其实的"武都后花园"和人们安抚心灵、放飞梦想的世外桃源；

　　……

　　一位诗人就是一抹春光，一位诗人就是一道风景，一位诗人就是一个五彩缤纷的世界，一位诗人就是一个通向世界的窗口！

　　"忽如一夜春风来，千树万树梨花开"。

　　在诗人们的迁想妙得和生花妙笔烘染下，众多的旅游景点被赋予了文化的内涵。景点有了故事，有了看点，有了灵魂，有了令人回味和思考的空间。景点披上了文化的盛装，文旅产业开发插上了腾飞的翅膀。泥土变成了黄金，腐朽化为了神奇！

　　《陇南日报》发声了，《甘肃日报》发声了，《中国诗歌网》发声了，全国各地众多的诗歌杂志发声了。《诗陇南》微信平台发表介绍了所有参加文学采风活动的诗人们的作品，包括没能参加活动但却写出了"武都春早"同题诗歌的全国各地诗人们的作品；《陇南日报》分四期整版选登了"武都春早"的部分诗作；《飞天》杂志以"万象武都"专辑刊载了27位作者的"武都春早"诗作。

武都"文旅赋能"的一池春水，被2023年早春的"武都春早"著名诗人、作家走进武都文学采风活动的这场文化盛事搅活了！

一时间，"武都春早"著名作家、诗人走进武都文学采风活动的春风，吹绿了大江南北，吹红了长城内外。武都众多的鲜为人知的旅游景点借助诗人们的神来之笔，飞入了寻常百姓之家。

武都有名了，陇南有名了，白龙江有名了！

武都的春天到来了，陇南的春天到来了，甘肃的春天到来了！

2023年5月

目 录
Contents

神有小愁，人有大忧

阳飏

武都

秦岭居东，西面岷山

白龙江像是老朋友

天黑刚分手

天一亮就又回来了

橄榄花开，像是允许我再爱一次

花椒开花，是不是我被爱上了呢

一个徘徊在橄榄和花椒之间的男人

被一种混合的异样气息

反复折磨并慰藉着

如果有个漂亮的陌生女子

喊一声我的名字

当地人好听的古汉语味儿的腔调

多么亲切

白龙江

白龙江追着嘉陵江

一个人追着另一个人

追上了

相拥在一起

喜极而泣的泪水

一江流

广严院

俗称柏树寺

柏树慢慢生长

僧人慢慢老去

一只石龟慢慢爬回石头

院内一棵南宋年间的柏树

迎春花缠绕

别有一种春风吹拂的妖娆

院外高坡上

一棵两千多年法相庄严的柏树

俨然一位高个子满头螺髻的佛

俯瞰着人间

朝阳洞

—— 曾有坐、立、卧三佛，现存一肉身卧佛。

坐佛骑鹤云游去了，不知所踪
立佛拄杖出远门了，渺无音讯
卧佛尚未睡醒
缘何流下一滴眼泪

夜宿裕河镇

小镇的春天有些冷
需要喝点酒，需要电褥子
我坐在自己内心的一把椅子上
披条旧毛毯，冒充山大王发号施令——
让这淅淅沥沥倒春寒的雨
每一滴都下到河里去

裕河八福沟蜂箱记

裕河水太凉
八福沟崖壁上的蜂箱密密匝匝
让人想起书包里藏着甜食的孩子们

嗡嗡嗡……

仔细再听

却是一位神的黄金嗓音在说话

嗡嗡嗡……

桃花粉梨花白

油菜花一大片一大片的黄

嗡嗡嗡……

神让露珠点灯石头开花

那就使劲开吧

万象洞岩溶石的15种描述

1

一个喜欢写日记的人

有恒心，水滴石穿

谁乱说——

六根指头的人喜欢写日记

多出来的一根指头

已经石化

2

真想指认一块石头为我的肉身

那么多的石头

只有这一块有着我体温的石头

千年又千年之后

如果有谁认出了这是我曾经的肉身

那一定是另一个前世的我

认出了我

3

感激这块石头

化身为一个年轻母亲

俯下身

托起怀中婴儿的头颅

仿佛托起整个地球

——在哺乳

4

寻找一头狮子

一头不曾出生过的狮子

传说它某一天会在石头中醒来

仿佛梦的兄弟

一跃而起

一头散发着芒硝和碳酸气味的狮子
来到人间

5
真想让这块石头伸伸懒腰活过来
走，天黑了
月亮下磕头
我俩结拜为兄弟

6
石头开花
枕着花睡觉的人翻个身又睡着了
他不需要身体
醒着的人看不见他

7
这是一块有生命的石头
就要奔跑出石头的生命——改变了主意
加法改为减法
减去一群人的衣服为棉花
抬头
今夜的月亮无非就是八万亩棉花地

神坐在地头

俨然一个发愁棉铃虫害的棉农

神有小愁，人有大忧

8

难道相信

这块石头里有一个攥紧的拳头

攥紧！

攥紧逃离尘世的证据

为了某一天作为证人重返人间

9

只有死过两次以上的人

才有可能知道

如何进入石头内曲径通幽的秘密花园

摘一朵玫瑰

献给前世的爱人

10

屏息听，这块石头内

怎么会有叮叮当当碰杯的响声

我是相邻的一块石头

来，碰杯

为搜肠刮肚想为石头赋诗的诗人碰杯——

小心

那些精雕细琢的诗句

一碰就碎

11

如果我是一个石匠

会把这块石头凿成什么形状

想来想去

背上我的斧头和凿子

回家去

石头自有魂魄

我岂能成为夺命的罪犯

一个失业的石匠

改行写诗了

12

我携带着身体里的石头——胆结石

来看你

无非想冒充你最小的兄弟

请允许我——

石头依靠着石头

兄弟依靠着兄弟

13

通过一滴水珠就会发现

这块石头是一位还未成形的神

他正不停地在自己身体里挖掘着

直到有一天

从石头中走出来

大声和自己说话

武都口音

14

没有嘴，喃喃自语述说着什么

没有耳朵，全神贯注谛听着什么

没有头颅，却仿佛睡梦中刚刚醒过来一样

这块石头从遥远的时间那头

向我微笑着

藏在身后的手

捏着一串回家的钥匙

15

左一块石头问我：你是谁

右一块石头问我：你是谁

前一块石头问我：你是谁

后一块石头问我：你是谁

我也忍不住问我：我是谁

百年以后

石头还是石头

我是无

2023年3月武都—成都

阳飏，一级作家，已出版诗歌、历史文化及艺术类随笔20余本。

武都春早

牛庆国

一

白龙江的涛声是花开的轰鸣

响彻崇山峻岭

大片大片的油菜花

有着黄金的音色

二

在放牧石头的八福沟

流水告诉我

石头大了要绕着走

一只戴胜鸟也这么说

三

我知道一棵古老的大树

必有所代表

大地上的灯盏

或钟声

那天　广严院的一棵古柏

正用透过枝叶间的阳光

为来到身边的小草摸顶

四

造一个梦境

需要这么久吗

所谓钟乳石

是钟

是乳

也是石

据说　在万象洞萌生的想法

待下次来时

就会变成钟乳石

五

一树杏花

是张家坝的路灯
白天也亮着

几处老宅子
填补了春天的空白

六
高于海拔的夜色
这么干净

此刻　落一片树叶
就是一件大事

夜宿裕河镇
被春天的大山呵护

直到鸡鸣三遍
像酒过三巡

七
那么高的树
是通向天空的小路

那么多的鸟巢

是高处的小屋

忽然的一只苍鹭

惊起目光无数

然后　每一个人

都举着自己的鸟巢

穿过了朝阳洞

2023.3.25

牛庆国, 中国作家协会会员, 甘肃省作家协会副主席, 出版诗集多部。

去一趟八福沟是有福的（组诗）

郭晓琦

窗口里的白龙江

那一刻，浩荡千里的白龙江

只有窗口截取的一段

与我对坐

只有窗口框住的一帧暮春山水图

让我着迷

还有堤岸上奔跑的人

花影下恋爱的人

隔岸相望的人

对着流水发呆的人

叹息的人、流泪的人

……窗口里的，都与我有缘

那一刻，暮色正徐徐下垂

覆在了江面上

负重的江水

被玻璃删除了声音的江水

仿佛停止了流动

仿佛一个醉酒的汉子

横卧窗口

怀抱几盏闪烁的灯火

那一刻多么温暖。我老旧的身体里

也有了潺潺水声

也亮起了一盏故乡的灯

去一趟八福沟是有福的

遇上一场针尖细雨扎你

是有福的

碰见几根挡道的藤条缠绕你

是有福的

山桃花羞答答地对你笑

是有福的

因为一株清瘦的茱萸

想起远方的兄弟

是有福的

一抬头,露珠般饱满的鸟鸣

瞬间碎在了额头

是有福的

一低头，在流水明亮的镜子里

看见青山晃动的倒影

和弯曲的自己

是有福的

木头小桥吱呀晃动一下身子

吓你一跳，是有福的

采茶女转身，突然叫出了你的名字

你惊讶——

你心跳——

是有福的

去一趟八福沟

心里有了行走的鸟兽

有了吟唱的虫豸

都是有福的

在郭家大院走了一圈

修缮堂屋的匠人，请歇缓一会

我要给列祖列宗

磕三个响头——

我要和硬石头

以及石头上行走的神兽叙叙旧

我要和老木头

以及木头上怒放的花朵叙叙旧

它们都见证过

昨天，我还是个

风一样奔跑的少年

只一转眼就跑糙了跑累了

就跑老了跑弯了

这天啊，就快黑了——

现在我要背搭手，出院门过廊道

里里外外再走上一圈

我能听见青石板上

脚步依然匆忙。有人请安

有客来访……

老管家三声吆喝

之后驮队叮叮当当擦黑进院

伙计们叫嚷着，从疲惫的骡马身上

卸下了盐和茶叶

……我要走上一圈

这窄长的台阶，这幽深的后园

花草树木都坚守在自己的位置上

开花的开花

舒叶的舒叶

一幅生机勃勃的景象

这是春天的意思，这也是

我的意思——

两个男人的裕河镇

凉气一寸一寸加重，夜露滚动

子时的裕河镇

侧身滑进湿漉漉的梦境

但，有一个断了烟火的男人

在巷道搜寻——

他拍响一家店铺的铁门时

那盏独自打盹的灯泡

闪了闪

丰腴的老板娘，心尖尖

也闪了闪

但，有一个酒醉八分的男人

在街边晃荡——

他和一棵树称兄道弟

对一朵花倾诉忧伤

他骂骂咧咧

要头顶孤悬的半弯月亮坐下来

继续对饮

夜确实够深了

那个黑得冒烟的男人，和那个

打趔趄的男人

同时卡在裕河镇的三岔路口上

像白天擦伤黑夜

留下的两小块老疤

郭晓琦，中国作家协会会员。鲁迅文学院第15届中青年作家高研班学员。2008年参加诗刊社第24届"青春诗会"。

向南（组诗）

离离

向南

我这一生穿过的隧道
其中有几段通向陇南
漆黑，悠远，期盼中有微光

我这一生的某个下午
在武都区
被雨水打湿街道上
踩着白龙江边湿了的那条路
来回走

一滴等着我的雨
最终缓慢落下

万象

十年前，我们来过这里

也是沿着一个一个台阶

走向越来越深的地方

垂下来的钟乳石，都似曾相识

有些台阶湿漉漉的，一滴一滴的水

还在往下落

石头哭过之后

泪眼纵横

我忍着

这个包罗万象的地方

包罗了世间百态

和转身就分开的人

茱萸

一个古老的村子

每年春天都开满了清新的花

杏花、梨花和茱萸

重叠，密集，细碎

它们悄然盛开在

张坝古村

我们停下来

看了一小会儿

我们离开时，又忍不住回头

等了等

仍在枝头轻轻摇曳的人

细雨中的蜂箱

去裕河的路上，不见

养蜂人，只有一个个蜂箱

在山坡上连成一排

也不见小小的蜜蜂

小时候，我拿柳条抽打过的蜜蜂

有三五只曾蜇过我的额头

那天在细雨中

看着那些等它们回来的蜂箱

我突然就原谅了

那个疼痛的自己

做一株植物

在陇南，突然想做一株植物
无名无姓，无花无果

看晨雾缭绕，看夕阳晚照
不去想爬山的苦
就看山下
偶尔驻足的人

有时候是新朋
有时是故友

古村

还是喜欢那些旧居
弥漫着往日的气息，离开的人
还会不会再来
窗棂上有薄薄的灰尘
地上已看不清脚印
侧耳听到的
只是我体内的声音

沿着台阶一步一步上去，再走下来

我能听见的声音

已越来越轻

像那些暗自开败的花瓣

那么轻地

就落下了

望山

每一座山都有自己的样子

我在雨后的清晨看到的

和在裕河小镇夜晚的窗口看到的

肯定不一样

山有山的语言

即使借着石缝说出来，也会被青草

悄悄淹没

也会被随时吹起的风

轻轻掠过

那些错过的地方

终究都会错过
那些凌乱的石头，流走的白龙江水
和三五个路人

错过了朝阳洞，鹤亭，坪垭
和无数的小镇
那些不曾相遇的
烟火一样的油菜花

八福沟的烟雨，广严寺的松柏
还有古村里低头凿石的老匠人
都将会错过

但总要带走点什么
我离开时
心底突然就有了
那些清润的光

离离，甘肃通渭人。中国作家协会会员。参加诗刊社第29届"青春诗会"，两次入选"甘肃诗歌八骏"。获2013年《诗刊》年度青年诗歌奖、2014年度华文青年诗人奖、《飞天》十年文学奖、第二届李杜诗歌奖新锐奖等。出版诗集四部。

武都春早四章

赵文博

一

武都的春天，是与江南同步的。只因过去交通不便，便让其"养在深闺人未识"；只因莫高窟太过有名，谁又肯把荒沙大漠与武都联系起来。

其实，当江南花枝招展时，武都也已经春意盎然。

如今，伴随着十天高速、兰渝铁路、陇南机场、武九高速和各路媒体的加持，"武都春早"不翼而飞，"陇上江南"天下皆知。

"早知有陇南，何必下江南"，是外地人对武都的评价，充满了惊羡与赞叹；"早知有陇南，何必下江南"，是武都人的自我介绍，饱含着骄傲与自豪。

二

武都春早。早在武都的春天与江南同步。早在甘、青、宁、新春天的画卷是从武都开启，而后依次徐徐展开的。

武都春奇。奇在武都的春天有层次，亦有顺序。奇在武都的春天包容，持久，含蓄，大气。

穿城而过的白龙江，把武都滋润得如花似玉；比云还高的南北二山，让武都充满了阳刚之气。"一山有四季，十里不同天"的武都之春，其因缘和合，盖在此水此山。

"山顶积雪舞玉龙，山下绿柳醉春风。一江碧波润两岸，菜花流金桃花红。"这是诗人对武都春天的写意。

当武都南山顶上的积雪融化时，千里陇原也就万紫千红了。

三

2023年的武都之春，早得让人兴奋。

当新冠阴云还在人们心头萦绕、北国大地依然"银装素裹"之时，中国文联批准建立的第二批11个"文艺两新"集聚区实践基地中，"武都万象文化创意园"在列的春风，吹绿了白龙江两岸的稻田，吹开了漫山遍野桃杏花粉嘟嘟的笑脸。

春姑娘一探头，"武都春早"知名作家、诗人走进武都文学采风活动旋即开幕。国家一级作家、著名诗人阳飔来了，鲁奖评委、甘肃省作协副主席牛庆国来了，《飞天》副主编、著名诗人郭晓琦来了，甘肃省"四个一批"人才、著名诗人离离来了，还有陇南籍著名诗人毛树林、小米，以及40多位最具创作活力、最有发展潜质的作家、诗人也来了。

一个人就是一道风景，一个人就是一抹春光。

2023年的武都之春，被诗人们手里的调色盘，渲染得五彩斑斓！

四

——万象洞里月宫、龙宫、天宫里与世隔绝了亿万斯年的神佛与众生被唤醒了；

朝阳洞里的千年卧佛和在1200岁高龄的青杨树上筑巢育雏的仙鹤被唤醒了；

广严院里的千年古柏，在新时代的春风中又绽放出了新芽……

——瑶寨沟里的人间烟火凭借瑶池仙风愈燃愈旺；

八福沟里清冽甜美的明前茶、咂杆酒和崖蜜从诗人们的舌尖上飘向了远方；

白沙沟里的金丝猴跃上了国刊；

五马童话小镇插上了梦幻的翅膀……

——张坝古村落“墙倒屋不塌”的精巧建筑和郭家文化大院里精美绝伦的木雕、砖雕、石雕，叙说起了昔日茶马古道上的奢华与辉煌；

绽放在金黄色油菜花海洋中的坪垭藏族乡莲花状现代建筑群，向五洲四海伸出了热情的臂膀……

迁想妙得，点石成金。众多的旅游景点，有了根苗，有了魂魄，有了故事。

就在诗人们把武都的春天撩拨得莺歌燕舞之时，“张坝村被评为第六批中国传统村落"的喜讯又一次传进了武都人的心田, 56万张喜气洋洋的脸, 笑成了56万朵盛开的牡丹。

武都陶醉了, 陶醉在了2023年诗意浓浓的滚滚春潮之中。

2023.3.31

赵文博, 甘肃省作家协会会员, 甘肃省书法家协会会员, 陇南市文艺评论家协会主席, 甘肃秦文化研究会副会长, 出版诗文集多部。

三春记

毛树林

万象洞

经兰州大学教授研究
万象洞钟乳石年轮的疏密度
与中国王朝的兴衰神秘吻合

这座南北过渡带上的巨大溶洞
用西秦岭几亿年的修行和功力
让无数仙、人、鬼、动物
五彩缤纷
四维呈现

王朝的眼泪早已消散
平民的山崖上种满了青绿的橄榄

我对万象洞将不再感到惊恐
我的年龄

已几次在仙、人、鬼、动物的皮囊里穿行

张坝古村

那一年
我带着相机
在古村独行
灾难的神经布满山路、土墙、房梁
在地震的审视下
我拍下了一个奄奄一息的世界

那些镰刀、犁铧、竹笼、簸箕、背篓哪里去了
那些麻鞋、灯盏、火塘、吊锅、石磨哪里去了
那些歌谣、童话、新郎、新娘哪里去了
那些山神、土地神、灶神、家神哪里去了

他们远远站立虚空
与村庄的骨架对峙

十三年前
一线明星下基层慰问
戏曲、小品、歌舞、杂技

欢声笑语，高过团鱼河的呼唤

村里的一棵老桃树

挤出全身血液

悄悄落下一场桃花雨

那天

我在桫椤树下向觉者问道

觉者亦是儒者

觉者内破我执，外破诸相

觉者自在从容

用他的目光抚摸了一遍古村

从此，古村拉长的影子抖落灰尘

缝补衣衫

敲锣打鼓

接迎自己回家

八福沟

八福沟的珙桐、棕榈、红豆杉、芭蕉成精了

八福沟的金丝猴、岩羊、林麝、锦鸡成精了

八福沟的石头、树木、鱼儿、花草成精了

八福沟的八户人家都成精灵了

八福沟大隐隐于树

小隐隐于潭

八福沟是一位隐者

隐入万丈绿水

十万青山

在八福沟

我被精灵们包围

身体轻盈，意识混沌

我与刺五加长谈

与山茱萸游戏

与奇花异草共舞

与溪流一起歌唱

我把一只迷路的蜂王

顶在头上

带回蜂族的家乡

我摘下一朵吟诗的茶花

插在一棵唱童谣的棕榈树上

我要和它们共演一场

盛大的春天

八福沟就这样赠我

一片茶园，十二箱蜜蜂，一百棵桃树

我也成精灵了

不管我走到哪里

都能闻见八福沟浓浓的茶香

我用三年才走出精灵的世界

又用了三年才找回我的人间

福津广严院

2021年

广严院被列入国家文保单位

落寞了千年的广严院

被提拔重用了

相当于古代的三品四品官员

站在大门口

桃花、梨花、油菜花的暖风

吹过寂静的广严院

让我想起一些人

一旦掌权

就变得面目狰狞

全身涌冒戾气

之前之后我都来过这里

广严院的一梁一柱

依旧氐人一般

紧紧相拥

九脊十兽环环相扣

纹丝不动

三棵古柏

像村庄一样安分守己

它们历来只受自己的苦

只享自己的福

大雄宝殿里佛的目光

越发柔和慈悲

从宋朝缓缓流来

流过福津县的青山绿水

佛肯定早已看穿了我

我也知道

佛还要看穿人世千年万年

朝阳洞

隋末唐初

四川江油人朱青

在这里坐着成佛了

宋代举人

甘肃武都人董维君

上京应试落榜

在这里立地成佛了

明朝成化十六年

陕西宁县人苏敏

在这里睡卧成佛了

之后

这里来了一批又一批达官贵人

他们在来去的路上都去世了

我陪同来的长者九十有余

现已卧床不起

最小的一位姑娘

已成了孩子的妈妈

更小的一位男孩也远走他乡

还在寻找诗和远方

只有千年青杨树下的一窝蚂蚁

他们的生活似乎从未改变

他们中有最卑劣最绝情最自私的蚂蚁吗

他们中有最勇敢最善良最公正的蚂蚁吗

他们中有拜佛成仙的蚂蚁吗

任白龙江日夜吟诵

任一百只苍鹭在天堂翩翩起舞

三尊真身佛早已封缄了心灵

永远不告诉你

他们心中的秘密

也许只有这群蚂蚁

是他们的真传弟子

清洁工

上班路上
一位矮瘦老人在清扫路面
风雨无阻
年复一年

我曾送老人三十个口罩
那天
他坐在自己扫干净的路边打盹、睡觉、做梦
全城人在家隔离

今天春光明媚
我看见老人从地面拣起一截还没有熄灭的烟头
喂进嘴里
深深吸了一口

老人半眯眼睛
隔条马路欣赏对面的迎春花
又望了望白龙江边的垂柳

老人微微一笑

笑容像极了我的故乡

额头层层黄铜的梯田

鼻梁站立枫树和青岗

两颊绽放粉红的桐子花

老人嘴里吐出一丝憧憬

仿佛母亲刚刚点燃的炊烟

坪垭的春天

正月初一,坪垭的出嫁女回娘家

吃最好的猪胁骨肉

谓之敬女人

正月初二,坪垭的长者端坐高堂

接受孩子们的跪拜

谓之敬长辈

正月初三,坪垭的健壮男女

为伤残病人祈福

谓之祛病患

正月十三,坪垭人向天地撒五色粮

拜山神

谓之敬土地

正月十四，坪垭的男人高举火把

把村庄的黑夜照亮

谓之驱妖魔

正月十五

锣鼓喧响

香雾缭绕

天上的仙来了

地上的神来了

坪垭的男女老少都来了

跳起了通往春天的傩面舞

第一部《尕普尕姆》:开天辟地

第二部《阿赞然》:创造人类

第三部《铜格木》:治理山川

第四部《登正荣》:生死轮回

第五部《巴哈》:灵肉分离

第六部《贤那》:五谷丰登

第七部《登巴赢》:守护四方

第八部《祈见》:往生极乐

领舞者:宗三万交、余血才、卯怕还、宗加虫、宗干点、

杨三斤保等十四位

嬉戏癫狂，嘶吼膜拜

大苦大悲，大喜大愿

人心回暖，大地温热
新的生命满山满坡
开始发芽

橄榄树头顶一碗碗清亮的油
樱桃树手举一颗颗鲜红珍珠
田野盛开的油菜花
托起滚烫的白龙江
给春天献上圣洁的哈达

清 明

武都以北的山峦
身披雪花的白衣
从北方飞来
群山静谧肃穆
跪在宇宙的一道护身符里
跪在天地默念的祝词里
跪在春天温暖的怀抱里

我面对群山

伫立北方与南方之间

清明扶了扶春天

清明又扶了扶群山

群山流出一条条溪涧

溪涧流进我的意念

汇入静静等待的白龙江

一起向南方踽踽而行

我的意念看见南方的万物蓬勃生发

我的意念看见山坡上的一座坟茔站起来又坐下——

山坡上大片的油菜落花结籽

只有坟茔上的蒲公英随风起舞

八年了

我的意念跪在白龙江的浪尖上

轻轻叫了声妈妈

妈妈

我用五十岁的身躯

我以小婴儿的心田

与北方的春天拥抱

我也想开花

等我结出果

我就回到了家乡

在鹿川

在鹿川

山是一道陡峭的屏障

高千丈的屏障上还有一千丈冰雪

山峦屏障，从梦中醒来

露出古铜色的笑容

山下的小洋楼

被盛开的油菜花挤到了村庄外围

玛瑙花开了

他们小而红的果实还走在秋天的路上

野莓子花开了

酸甜的莓子已在五月等待夏天

花椒树抽出了嫩芽

麻香孕育在他们的小小心脏

土豆苗喝醉了咂杆子酒

他们的口粮还在泥土的远方

榆钱树在逆光中摇曳

把他私藏的金币撒落

山峦用梦喊我，喊了又喊

我在梦里变成了亿万只蜜蜂

蜜蜂飞翔，闪动水汪汪的眼帘

与每一朵花互换心灵

一场春天热烈的恋情

在鹿川大片的油菜花中央

一位孤寂的老人

背靠一座坟茔

久久仰望着头顶悬空的铁轨

一辆辆装载物资的列车呼啸而来

又一辆辆满载游子的火车飞驰而去

毛树林，甘肃文县人。中国作家协会会员，陇南诗歌学会名誉会长，曾任甘肃省作家协会第四届副主席。著有诗集《铜之歌》《露珠无岸》。

春茶中的裕河（组诗）

秦戎

山字山

面向裕河，面对十万大山
当你登上钵罗峪梁的瞬间
你就会发现，天际间有两座山字山

就近的一座，中间高两边低
犹如我太爷爷书房的笔架
等待墨事之后，毛笔先生的安睡

向远的一座，犹如三胞胎
张着嗷嗷待哺的小嘴
等待妈妈的乳头，奶香扑来

望着山字山，令人怀念老祖先
象形的汉字，肇始于亘古大自然
汉字的智慧，涵纳了天地人的秘密

大写的中国人，才能站立于

世界中央，天地之间

峰峦如锯

翻越钵罗峪梁，裕河不再遥远

下行的山路，九曲十八弯

宛如一条白草绳，捆绑在大山腰间

前方的两座山梁，峰峦一个接一个耸立

犬牙交错，活像鲁班爷的大锯

拉扯分解着灰色空间，横陈天地

车子们奔跑，诗人们走过

一锯子，拉扯出一条山沟

一锯子，拉扯出一个乡镇

山峦构成的锯子，就是天地之手

裕河印象

如果说对于裕河的认识，是从大山开始的

那么对于裕河的感受，无疑要从品茶开始了

冲泡一杯，裕河龙井

上下翻飞的春芽，如同玉立的舞女

饮者的眼睛，便都是春天的颜色

冲泡一杯，裕河红茶金陇红

满口腔，便都是幸福的味道

赵钱坝的月牙湖，一枚绿茵茵的铜镜

里面，不仅有大山的身影

而且，也有晚霞的笑靥

蹲着的摄影家，站着的作家

还有在湖边溜达的男女诗人

宛如数枚冲泡中的春茶，在倒影中浮游飘动

春天里，你只要走进裕河

其实，就是在一杯绿茶中踏青

八福沟

八户人家，散落在沟里

就像那些山洪冲下来的大石头

春夏秋冬，伴随着四季耕种着日月

经年亘古，守望着贫穷

怀揣着发霉的梦想

一声山炮,打破了百年千载的寂静

一条山路,捎回来三生三世的想往

破天荒的五阳路,穿越了原始森林

来脱贫的五阳路,链接起康县武都

五马裕河,阳坝太平

如今,八户沟变成了八福沟

茶园,变成了摇钱树

巨石,变成了景观石

山桃花,招惹来了蜂蝶般的游客

三叠瀑,激荡着少男少女的欢声笑语

如今,八户沟变成了金丝崖蜜谷

原木搭建的山涧小桥,成了画家写生的景物

挂在悬崖峭壁上的土蜂巢

成了网红们的打卡地

千年巨变,八载实现。

久久为功,文旅客栈。

八户沟中有八湖,八湖潭水赐八福。

金丝崖蜜传华夏,八户而今步通途。

三碗闲话

古有三碗不过岗
今有三碗魏辅堂

一碗茶水解疲乏,
过了裕河是木马。

一碗土酒结金兰,
混世魔王甘陕川。

一碗蜂蜜甜破嘴,
是生是死不后悔。

土匪,不是一种文化,
而是山民,面对命运的抗争。

土皇上,不是一次改朝换代的革命;
而是山民们,追逐幸福的游戏人生!

2021年3月22日晚于感冒迷糊之中。

秦戎,本名高天佑,陇蜀文化学者,甘肃省作家协会、书法协会会员,陇南市文艺评论家协会副主席。现供职于陇南市人大常委会。已经出版学术专著10余部。

人间万象（组诗）

小 米

万象洞

把万事万物全都装在肚子里，却不轻易说出来

曲径通幽处，记不得都经过了什么
也猜不出接下来会遭遇什么

游万象洞
仿佛跟一位刚刚见面的百岁老者彻夜长谈了一次
仿佛在未完成的时间里停下来，摸了摸命运

游万象洞有感

突然觉得
我似乎是有点儿唐突地
走到一个人心里了
——从洞口打开，逐渐开阔

到后来的越来越狭窄

到后来的

别有洞天

到后来的

低头无语潜行……

可惜的是

我在这个人心里走了那么久

一点儿痕迹也没留下

离开万象洞

我又发觉

它的秘密，它的胸怀

已被我偷来

悄悄安装在我的皮肤里面了

老年辞

除了春天是不是真的来到我们之间了

其余的

来不来

我已经都不那么关心了

关于诗人

许多地方、许多场景

诗人是没有必要去的

去了也不必亮明自己的身份

只需要混在人群中

把自己还原成普通人

你只需要带着自己的眼和心

悄悄体验就行了

有些地方，有些场景

诗人是必须要亲自去感受一下的

没有看见或经过的

就不要在诗里写出来

写了也让人读起来，入眼不入心

张坝古村

删除了记忆与回味的房子

长得再好看

又有什么意思呢

仿佛灵魂

像一尾鱼

悄然游出肉体

一座修缮一新的
古村落
没有住着人
又有什么意思呢

还不如把迁出去的那么多人
一个一个
又迁到他们该有的日子里来

让声音在枝上开花
让树叶看见了笑脸

旧树

树把叶子穿旧了就扔了，再也不要它们了

树用春天的饵，钓新叶子
那些年幼无知的嫩芽纷纷上了钩

树又换了件新衣服，穿在身上，可树

是旧的：树干是旧的，根是旧的
它爱的天，也是旧天
锁着树的大地已经旧得不成样子了

所以大地每年都要换一身新衣服，给树看看
仅仅为了让树，揣着希望
——别对所谓的好日子死了那条心

鞋

我走到哪儿
我穿过的鞋子们，都一门心思跟着我
也去哪儿

如果不走了
我希望鞋也在原地停下来
像一个个小花盆，在不同的地方
开出不同的花来
长点儿草也行

盛宴

去裕河的路上

看见一群乌鸦

可能有二三十只吧

我还没有看到过这么多乌鸦聚在一处

腾跃、飞起、降落

还聒噪着

久久不肯离去

我们的大巴车开到了身边

乌鸦也不放在眼里

它们的餐桌是一个垃圾场

作为一种肉食动物

乌鸦是怎么迷上了垃圾的，我不知道

但我发觉

它们似乎很愉快、很健康

用不着我瞎操心

雨中望春山

山穿上婚纱就有了朦胧之美、娇羞之美

如一个个待嫁的女儿

有人在她鬓上，簪了枝李花

有人在她腮上，画了朵桃花

我在她心里，塞满了

微波荡漾的春天：她已不动声色，全身发芽

八福沟

八福沟？

八户沟？

在沟里

我没有看见福，也没有刻意去找福

我还用找吗？

福肯定悄然藏到八户人家的，屋子里去了

哀歌

这一生绕来绕去走了很多遥远的地方

近在眼前的

那个人心里

一次也没去过

爬山

树们都是从山下

爬到山上来的

树都站在山上

树都望着山下

再也懒得爬山了

再也不想下山了

林子

林子大了

什么鸟都有

把那么多鸟藏在那么大的林子里

像是没有一只鸟

真是太好了

酒歌

每次敬酒时

我也想敬敬蜷缩在我体内的缩小版的自己

想对他说：兄弟，跟着我混了大半辈子了

却从来没让你出场，真的有点儿委屈你

但我从没有敬他一杯酒

我总是敬完别人后，先把皮肤外面的我

提前整醉了

每次喝酒前，我总是警告自己说

今天不敢敬酒了

之后不久，我又端起酒杯，粉墨登场

金丝猴模特

这一大群金丝猴准时从悬崖上下来

对食物的兴趣却似乎不大

它们好像职业模特，是专程赶来

让我们拍摄的。它们在我们面前

来回穿梭, 做着各种动作, 摆着各种姿势

尽量满足着每一个围观者的需要

甚至有一只金丝猴, 多次跑到我面前

在一根一米高一米远的枯树桩上停下来

一动不动盯着落落寡欢的我

仿佛邀请我: 别总摆出一副不高兴的样子了

你也给我拍几张照片吧

它肯定是一只做过了母亲的猴子

油菜花

那么多的油菜花, 生活在

那么大的田野里

我看到了所有的油菜花

却不知道每一株油菜过得好不好

让所有油菜都开出有个性的, 也有缺点的

花吧

只要真实就行, 不必美艳如画

朝阳洞小札

1

我是第一次看到真正的鹤

望鹤亭望鹤

鹤停在枝头, 巢边, 欲去而未去

删掉叶子浓墨的谎言

鹤的身下, 似乎已是深渊, 似乎只剩悬崖

但鹤不害怕

鹤只期望天能最大限度地, 更宽更高些

2

哪怕是一棵普普通通平平常常的白杨树

活上千年, 也已成了人间一景

白杨树其实挺知足的, 它甚至想

要是再有一棵树

一生都愿陪在自己身边就好了

恰在此时, 它听见了另一株白杨树的悄悄话

——我不是一直在这儿呢吗

3

说是有一尊肉身佛

就想找找这佛

就想看看塑造了这一尊佛像的骨头和肉

还在不在

转念一想: 还是不要找了吧

——我的肉体凡胎很可能就是

从佛身上悄然脱落后, 才又慢慢聚为一体的

4

我心里一直都是有一个神的

但每当见到具体的神像时

我又故作看不到, 或始终当神不存在

5

仿佛从肠子里, 走到了胃里⋯⋯

仿佛又从肠子里, 到了又一个胃里⋯⋯

参观朝阳洞的过程

像一个垂暮之人在努力回味着他自己的一生

只不记得我这个游人

已被各位大神暗暗消化了多少次, 才终于

被允许

又出生

6

一路走来

最高的山头

只去了一次

只逗留片刻

知足

7

下坡路

不值一提

虽已早有设计

却仍在缓慢的修缮过程中

天黑时，这段路应该也可以完工了

小米，男，原名刘长江，中国作家协会会员。以创作诗歌、小说、散文为主，已出版个人诗集二部。

茱萸开花

你相思的叶子忧伤什么（10首）

—— "武都春早" 文学采风诗记

过河卒

裕河，赵钱坝的黎明

赵钱坝的黎明，静谧如禅宗偈语里沉睡着
不被破解的，一湖春水。

幽深的山林，少女心跳似弹飞出第一声鸟鸣，
随即是越来越多的鸟鸣，
荡起的涟漪，染红了乍暖还寒的黎明。

一户人家，又一户人家的火塘，
有了动静。

裕河人，新一天生活，
从一煨罐鸡蛋油茶沸腾的香味中，开启了。

2023.3.19

武都，被灯光泄密了的万象洞

三十多年前，和同伴打上火把进洞的时候，
黑暗中神秘怪谲的古溶洞，
是名副其实，好奇与未知的万象洞。

现如今，隐藏了亿万年的小心思，
被一盏盏灯光泄密了。

犀牛望月，卧龙坝，黄泥潭，天针对地针，
似是而非的景点，和隐秘的
审美，不再朦胧。

有时也常瞎想，亮处折腾惯了的人，
只有夜晚，才能使你静下心来，仰望星空。

                      2023.3.19

五马，树上架构的几窝鸟巢

高高的树杈上几窝鸟巢
吸引了
作家们的手机和摄影家的相机。

我知道，这是陇南喜鹊的
传统民居。

干栏式建筑结构，采光好，通风透气，
生态环保，无钢筋水泥，
远离洪涝灾害，不怕野兽与匪患袭击，
既可高瞻远瞩，又能俯瞰大地。

突然想起了远古时期的有巢氏，
却不知他们
谁是谁巢居的，启蒙老师。

2023.3.19

八户沟，一场春雨的洗礼

蜀有九寨沟，陇南八户沟。

步入八户沟景区时候，
一场春雨
正给薄雾中的裕河洗礼。

梨花在雨中，杏花在雨中，

李花在雨中，

山茱萸也在雨中。

带有雨具，你却

不想打伞，

仿佛雨中行走的一棵树。

八户沟，山也是你，水也是你，

你是天狮栗果实上滑落下来的一颗

尚未觉悟的水滴。

2023.3.21

坪垭，山上有座坟茔的牵挂

陡峭地生活在山上，千百年来，

总向往有机会，能在

白龙江畔的平畴安家。

终于盼来了好政策，八个藏族村社，

全部易地搬迁，住进了

山下的盛世莲花。

日子好过了,

间或也会涌现一种莫名其妙的乡愁:

山上,有座祖先坟茔的牵挂。

【注】坪垭易地扶贫搬迁点,以八瓣莲花造型修建,先后被

评为全国脱贫攻坚先进集体、全国民族团结进步示范乡镇,

全国易地扶贫搬迁美丽安置区,甘肃省乡村旅游示范乡村。

2023.3.21

朝阳洞,咂杆酒让你通灵了

朝阳洞景区农家乐,主人热情地端来

一罐咂杆酒。

红谷、高粱、青稞、麦子、苞谷为原料,

佐以甘甜的拐枣,土法酿造。

盛装在寺洼文化器型的陶罐里,

火通秆的吸管,

一口气,你醀饮了五罐。

朝阳中,睡佛仍在梦乡,

白龙江忘情地歌唱。

自彼氐羌，北望宕昌，更接党项，
氐羌文化的交汇地，
在酒神的加持下，你与历史的往生，通灵了。

2023.3.22

广严院，向一棵古树致敬

广严院，原名柏林寺，
陇南唯一宋代木结构建筑，
两块碑石，坚硬地述说着它的，
沧桑与不易。

千百年的柏树林，能有几棵存活到现在，
实属艰辛的，小概率事件。

寺院后山，有棵四人方能合抱的老柏树，
有人向它鞠躬，致敬。

面对古树，生而为人，
还有什么叫怄气、悲戚或者太息呢？

2023.3.22

张坝，古村落盛开的杏花

小路的石头和檐瓦上，爬满了孤独的青苔，
整村易地搬迁后，老宅子的青春
就再没回来。

地里没有耕牛，土壤容易结块，
没了人间烟火，村子必然衰败。

你到张坝的时候，几树杏花，
正努力地盛开，
可花儿娇艳的心情，
仿佛那棵守护了村子千百年的桫椤树，
它忧伤地眺望，没人明白。

2023.3.22

茱萸开花，与你曾经的相思无关

翻越钵锣峪梁的时候，你看见
情窦初开的山茱萸，
正小鸟依人地和春天的一片树叶子说情话。

后来在裕河，在八户沟、白沙沟一带，

又见到了和相思初恋的茱萸花。

茱萸哎，从大唐开始，

人们总在纠结，何故少了的那个人。

明天不可抬举，昨天不能放下，

春来也，所有的心花儿，都要婚嫁。

2023.3.26

在倦怠的老路上走出新路来

已为姚寨裕河等地写过许多的诗歌了，

可阳飐来了，牛庆国来了，郭晓琦来了，离离来了，

还有许多的新朋老友都来了，

"武都春早"，即使陪同，

也得拎上春风，尽一下地主之谊，

更何况，所有人都在思谋着，怎样在

熟悉而倦怠的老路上，走出新路来。

2023.3.26

过河卒，原名焦红原，甘肃武都人。出版有《陇南文化》《山水陇南·收藏》《山水陇南·诗意》《擦洗阳光》等，并为陇南广播电视大学主编教材《陇南特色文化述要》，现供职于陇南市政协。

给武都的春天一首诗（组诗）

蒲黎生

给武都的春天一首诗

云雾是武都早春

第一位访客

花红柳绿给了武都

最切心的问候

白龙江瘦成一条线

真让人心疼

白鹭在水滨求偶

鸬鹚在岸上晾晒绅士的黑衣

苍鹭回归朝阳里

水鸥野鸭在水中游戏

油菜花只是武都的点缀

橄榄树才是武都的本色

那些矻矻耕耘土地的人

才是武都的主人

武都给了人们一个气象万千的春天

我给武都的春天一首诗

万象洞

要去踏春

理应走进万象洞

那里可以激活人们的想象

让人在特定的时空梦马山河

水滴石穿的功力

让水的柔韧变得神奇

万象天成

自然造化处处精彩

至于像什么

那是人们赋予的寓意

时间沉淀了永恒

场景演绎了传说

给河山重新命名

人间万象

万象人间

足以让每一个人热血沸腾

张坝

走进张坝村

仿佛时间顿时凝固

易逝的事物得以定格

腐朽的东西变幻神奇

垒起来的石块

见证了人对生活的渴望

房子是用来遮风挡雨的居所

生命才是村庄的灵魂

烟火让人活在当下

观瞻成了历史的留存

石板墙、黑石房、青苔路

不用说也是古老乡村的组合

离家出走太久了

人们已经忘记了出发的原点

城镇化的今天

故乡与我们渐行渐远

在重复繁冗中

蓦然回望故乡

那斑驳的古老村庄

让人仿佛回到从前

所谓乡愁

就是适合当地的生存环境

以及人们对童年的记忆

裕河即景

去裕河的路上

正值漫山的山杏花开

清凌凌的河水

在满河谷的石头间流淌

返青的杨柳

给沿途的村落涂上亮色

山道弯弯,路边横逸的马桑

不时敲打着急行的车窗

而怒放的山茱萸

给人不断的惊喜

原来自然美景

都在人迹罕至的地方

走进裕河

有一种不被打扰的清幽

山在雾中

雾在山间

山环抱着河水

河水缠绕着青山

石头是水的伴侣

水是石头萦动的灵魂

草木，茶园是真正的主人

村庄，茶舍是山林最美的点缀

我在远方寻找诗意

茶农在茶园种下美好的明天

八福沟

梨花开放的地方

总有村庄出现

梨花是村庄的素颜

桃花妆点了村庄的娇艳

油菜花是村庄的背景

茶园是农民的命根子

细雨绵绵

茶树青青

明前茶即将上市

我看到了农民的笑脸

游走在八福沟

无需过多的景致

只要有那一绺山林

一河谷的石头

一泓透亮的溪流

一弯木质栈道就已足够

游人无需太多

有三五知己即可

无需急切的催促

漫无目的的行走

聆听河水的流淌声

鸟儿的鸣叫声

就已安慰人心

蜂窝在悬崖处

云雾在山的高处

而低处的人

正走在世外桃源的梦中

广严院

广严院在武都三河镇

人人可以进，人人可以出

广严院曾变迁为粮管所

粮管所又回归广严院

人间闹剧的轮回

有惊人相似的一幕

只有那千年古柏一成不变

百年的迎春花如期开放

不事张扬的槐树仍然挺拔

北宋和南宋的石碑

佐证昔日的高贵和显赫

但谁又能保证一个王朝的荣耀

在历史变迁中不经历沧海桑田

怒目的金刚、低眉的菩萨

同样受人们的朝拜

佛心即民心

民心即佛心

在乡村振兴的今天

广严院又回到了人们的视野

朝阳洞

朝阳洞的杨树

枯了又青

已经粗壮挺拔

苍鹭在冬天飞走了

春天又回来了

开始产卵孵仔

而唐代的睡佛

至今高卧不醒

曾经的汉风唐韵

让佛沉醉梦乡

睡佛应该醒来了

武都的春天气象万千

人间正道沧桑

到处莺歌燕舞

乡村处处美丽

百姓安居乐业

海晏河清的日子已经到来

丰衣足食的生活深入人心

蒲黎生，字黎庶，号麒麟山人，别号丑牛，甘肃礼县人。二级高级法官，现供职
于陇南市中级人民法院，系甘肃省作家协会会员、中国新文学学会乡土诗人
分会会员、国际诗词协会会员。作品见诸于《甘肃法制报》《甘肃日报》《飞
天》《人民司法》《华人文学》，出版有《走过心灵的田园》《走向心灵的远
方》《透过心灵的阳光》等。

武都诗简

蝈蝈

1

沿着成武高速——

它路过鸡峰山、米仓山和一些村落

——抵达比同谷县更加峡谷的城市

它有相对而坐的山水，大多时候

山在微风里缄默，江水则义无反顾地流逝

作为一个异乡人，我无法以语言打开切口

这座城市已经更为新鲜，百花

总是开放在北方的前面

某人周游世界至此，他将看到

时间的回溯，市集的丰富，车水马龙的喧闹

他将偶遇姚寨沟、裕河和张寨的古村落

除了石头，还有泥石流成为化石。几间青瓦黄土的屋舍。

2

总要找一个借口把自己丢进自然的幻想里去

正如眼前的春光，一些人与樱花竞相绽放

春水浩荡记下此刻的明媚

老人们，与小板凳一起接受阳光的问询

只有我们是喧嚣的，和眼前的自然形成了反差

3

登录峡谷，就有可能成为一滴水

或者泄露光线秘密的叶子

居于村落，就有可能长成一棵瓦沟草

或者门前雪片怒放的李子树

栖居木屋，就有可能成为木头的一部分

身上留下一圈圈不完美的年轮

田园重新打开门扉，我恍惚看见

一个木质的我，在田埂上迎风拍打枝叶

4

也有可能就是一块钟乳石

在黑暗中聆听细水流过血管的呼吸

5

一条大河串起的村落

是水瓶座、摩羯座、双鱼座……那些星光闪耀的

林间精灵。如何制造一场热烈的邂逅？

弯下腰去，理出石缝里的羊胡草萌发的秘密

凝神目视风落在水面上溅起的波纹

侧耳倾听山丁子开花时的韵律

河流像永动机制造的风暴，带走这些奇妙感受

村落却注定沉寂，依山傍水，无由流逝

郭海滨，笔名蝈蝈、苇芒，甘肃成县人。出版有《季节之书》《蝈蝈诗选》《大野之香》等。

把流水的诵经声和袈裟披在心上(组诗)

李婷·婷

题万象洞

人有千面, 洞呈万象

曼妙的仙娘原本舞于天上

仙界也有坎坷

不如这别有洞天中逍遥

向下或向上都是生长

在钟乳石看来

进洞的人都行走在泥泞的天花板上

一块石头一再被命名, 接续流水

长到无处可长时便弓弓身子

绣出时光之苔, 万千镜像

亿万年如斯, 顺从滴水穿石的箴言

钟乳石便是卷起来的佛经

从这里穿过的人

都把流水的诵经声和袈裟披在心上

花开如梦

梦中微雨

让暮春的一枝桃花于梦的拐角处走失

青石板铺排的锯齿形路面，清脆的回音

是流浪猫对一场花事，反复地叩问

坐拥一树繁华，和一场春风对饮

三杯两盏嫣红，渲染春日趣事

明艳的事物容易让人着迷

易辜负花事之外的曲折

你听，有人在梦中唤我

墙外篱笆，又一树桃花开出粉白

过朝阳洞

先是穿过一片青杨林

操持卷舌音的烂漫春光

与几只苍鹭或灰鹤优雅的舞姿相遇

穿过仙人崖洞的阳光，明净且舒展

还是鲜活的唐宋味道

自唐以来有人凿壁

至宋有大成。仙佛洞有七窍

窍窍玲珑

有人站着成仙。有人坐着成仙。有人睡着成仙。

人与仙之间只隔着一条

灵魂借以飞升的通道

登临山顶

亿万粒浑圆砾石

仿佛又把我带入更辽阔的河底

裕河小记

1

河谷迂回，布满皱褶

时光暗生苍苔

在树根上、石缝间排兵布阵

横卧在暮色里的河床

对我的来访，波澜不惊

野桃花开了

半坡云烟都藏不住它喜悦的颜色

一只老鸦停在电线上

在我的注视中不动声色

暮色中的小镇，这是第二次接纳我

2

微雨濯洗茶树

吐出新绿的雀舌

能重游的

不一定都是故地

这座锈迹斑斑的铁索木桥

自我走后

就没有停止过摇晃——

有时在梦里，有时在裕河的柔波上

一棵山茱萸在桥的另一端

举着它细碎的金黄等了我好多年

3

满河谷鹅卵石

将自己打磨得愈发圆润

这不是石头的本意

流水有它的软刀子

跃出水面多好

哪怕只惊起一阵涟漪

一颗石头的内心沁出碧玉

也没幻化出一对飞翔的翅膀

张坝访春

昔日的繁盛

遗落在楼阁木质雕刻的纹理中

时光与灰尘，一样被用旧

青石板路面，一半陷入阴历年的泥土

一半回放春日游人清爽的跫音

古朴的岁月，稠密的大树

我必须仰望——

才能窥见久远的微尘里

洞穿一切的光，打在老树青灰枝干

托举的鸟窝，有毛茸茸的悸动

树挨着树，用尽了张坝的春意

树枝正用自己的粗粝

过滤风雨的生硬

让花朵沁出来，温暖我们的眼眸

李婷婷，女，甘肃省作家协会会员。诗歌散见于《飞天》《朔方》《延河》（下半月）《甘肃日报》《都市生活》等报刊。

武都春早（组诗）

顾彼曦

裕河思绪

当云雾绕满山野

百鸟藏于山水之间

露珠无疑

再次和小草站在一起

如果抵挡不住风

他们再相爱

也要永别

我何尝不是一株小草

生活是一滴露珠

我拼尽全力

也只是为了多挽一会儿露珠

给这个不完美的世界

呈现纯真和美好

我是一株长在山梁上

独立迎风的小草

这些年，经过我的都成为了背影

疲惫和乏力

让我们在他乡遇见

只能轻声细语地问候

裕河

裕河应该是一条河

一条平静的河

裕河也是一个镇的名字

一个陇南人都知道的小镇

裕河的地理位置，和我相隔（距）70公里

裕河在时间的狭缝上，离我又很遥远

为此我努力了多年

不断缩短这时间和空间上的差距

将一条五阳路穿透，到了裕河

狂风暴雨说来就来了

二十多年没有见过这样的情景了

小时候，老家的房檐下

我们光脚丫并排站着，水从瓦槽子里落下来

伸手去捧落水，快乐的童年时光

在水花中溅起，又散了

所以我对裕河由衷地喜欢

清晨起来，成捆的云朵压在小镇上空

青石板上，昨夜的暴风雨像是一场梦

裕河的雨是干净的

裕河的空气是干净的

所以在裕河，做个残缺的梦

也是干净的

收集雨水的的人

雨水很干净，跟吉石坝这个名字没有关系。

在吉石坝，雨水从来都是干净的。

我说过，吉石坝是被手掌挤压出来的。

这手掌就是这两座大山，

千百年来，一直压着吉石坝，连呼吸都感到困难。

这手掌也压着吉石坝里住着的人

比如我，一个永远在路上替我的身份还债的人。

雨水下来的时候，吉石坝也是干净的。

吉石坝里住着的人也是干净的。

比如我：一个热爱生活也爱收集雨水的人。

吉石坝是孤独的

吉石坝是一个地方的名字。

两面是山，中间一条河流，吉石坝更像被两只手掌挤出来的

一小块。

吉石坝也是城市规划中尚未开发的地方，两座学校就是两个

标志建筑物。

田中的蛙声早已不复存在，废旧的铁片生满了锈。

一百多盏街灯亮起，也照不明低处的光阴。

火车穿过时铁轨与轮子的摩擦声，都要在耳旁响彻很久。

吉石坝有乡村的味道，也有城市的味道。

想家的时候，就坐在吉石坝的马路边，吹吹风，看看月亮。

吉石坝是孤独的，就像这里的一群异乡人，把自己最好的都

留给了吉石坝。

他们都曾经怀揣理想，奔涌而来，也不过是等火车穿过梦境，把爱过的事物再爱一遍。

顾彼曦，《陇南青年文学》主编，诗歌见于《诗刊》《星星》《延河》《草堂》《作品》《飞天》《鹿鸣》《金城》《视野》《雪花》《诗选刊》《散文诗》《诗歌月刊》《中国诗歌》《四川文学》《时代文学》《山东文学》《上海诗人》《延安文学》《中国校园文学》《西北军事文学》等刊物。作品入选《2011中国年度诗歌》《2013年中国散文诗选》《中国诗歌精选300首》《2014年陕西文学年选·诗歌卷》《2015-2016中国诗歌年鉴》等选本。曾获《西北军事文学》优秀作品奖，《鹿鸣》文学奖等。

如是我闻（组诗）

李帅帅

一个价值二百元的下午

她走向收购点

笸笼里是她采摘了整个下午的茶叶

大约一斤

我问她：这点能卖多少钱

她抖了抖说：二百

茶店门口写着

新品上市"1200元/斤"

花的一生

只管在春天里绽放

结不结果

那是秋天的事

响崖坝

蜀国灭亡了
邓艾死了
栈道没了
凿孔淹没在野草下
历史的叹息
没人在乎

花果山

汉王镇背靠花果山
原先山上有很多墓葬
后来墓室空空
山下建起了无数高楼

钟乳石

万象洞是南山的口腔
上颚的牙齿刻画流水的路径
下颚的牙齿塑造时间的雏形
而中间空出的间隙

才是教会我谦逊的部分

泥塑

有点粗糙

也没有上色

他们一直在笑

仿佛嘲讽我

为生活

佩戴的层层面具

白沙沟礼猴

四年前到白沙沟

我见过一只争夺王位失败的猴子

投食的时间

它在守猴人窝棚前的树上

独自进食

今天，我又一次坐在窝棚前

询问它目前的状况

守猴人告诉我

它已成为一位家长

想想自己
这徒然流走的四年光阴
山间的春雨就稠密了很多

张坝没有乡愁

杏花开了
它不认识这帮诗人
他们都穿着光鲜的衣裳
没有泥土的气息
不会说带着火塘灰烬的土话

它更害怕他们的眼睛
为了一行没有感情的句子
洞穿它所有的秘密

菩提树的谎言

旅人将红绸
绑在的枝条上

菩提树从来不看愿望的内容

只在这个过程中

陪他们出演人生神秘的小部分

瑶寨沟青龙寺

将生活的烦恼

无数次吐出来

悬挂在青龙山崖壁的树梢上

让殿宇经声

教它们开出朵朵小花

千坝云海

天空睡着的时候

会沉在千坝牧场的草尖上

只有早早起来

登上山顶的人们

才能一睹它的芳容

我是一个懒散的人

我们至今未曾谋面

角弓油菜花田

角弓坝四面环山

像一个巨大的茶杯

春天来临

油菜花田似雨水泡开的

金丝皇菊

使我心清目明

朝阳洞

千年白杨一直在

却始终不见仙鹤的踪迹

佛睡了千年

不曾睁眼看看江畔的春色

我多次到过朝阳洞

却次次能遇见不一样的自己

坪垭成佛记

坪垭藏乡原有九个村

世代坐在半坡修行

微风日日替他们诵读经幡的真言

直到白龙江匆匆流过的河滩

开出巨大的莲花

布达拉宫的佛光

才照亮了坪垭的黄昏

李帅帅，甘肃武都人。作品曾发表于《飞天》等刊物。

春游武都长短句（组诗）

续默

裕河小镇

此地适宜大碗沽酒

适宜邀清风明月开怀畅饮，掏心交流

可长夜听雨，消解无眠相思闲愁

适宜雾中看山

将是山不是山还是山的真意

看穿悟透

适宜与世无争

泡一壶清茶，将缓慢的时光，虚度在午后

不问江湖烂事，只在一杯水中淡化人间春秋

此地

可经营朴素无出息之爱

养犬马牛鸡羊猫

娶素颜娇羞的小家碧玉

争吵却不弃，相守直到白头

朝阳洞祈愿

愿朝阳洞内的众佛与众仙

福佑这一方水土的厚泽与平安

渡化这里的每一个凡间俗人

劫难全无，心存善念

让他们敬畏小心爬行的蝼蚁

让贵贱不同的每一株草，生长得更有尊严

愿刀斧生锈，鸟鸣归还

阳光从浓密的树叶间漏下来

抚慰低处的阴冷和黑暗

愿相爱了千年的那两棵青杨树

继续相爱，连理相拥，飞鹤传情

不会因风雨，彼此失去陪伴

白沙沟里的佛石

白沙沟内，一坨坨巨石

圆润饱满, 棱角全无

看上去那么超凡脱俗

它们静默在那里, 漠视风雨

参禅打坐

修炼得体内仿佛居住着一尊大佛

张坝古村

春天

置身在张坝古村子中间

感觉自然的许多美好, 又返回到了身边

杏花朵朵, 宛若梦中情人娇羞的粉脸

流水潺潺, 仿佛纤细素手弹奏着和弦

耕牛睡眼乜斜, 鸡犬追逐撒欢

三五个的年迈的老人, 在村中的古槐下

说古道今, 安享着与世无争清闲

抬头仰望, 树杈上高筑的喜鹊窝

一下子, 将我的思绪拉近到了掏鸟蛋的童年

八福沟的山野花

八福沟的山野花

怒放得有些娇艳

展露的芬芳

让勤劳的小蜜蜂们，在万物舒张的春天

欣喜又忙乱

他们唱歌炫舞，嘤嘤嗡嗡……

将狂热的爱表达在花的心间

他们要将这满沟的福

酿造成八福蜜

让四方远来的客人

在这山情水意的祈福地

品味俗尘没有的香甜

人中猴

一群看过猴的人

也是被猴看过的一群人

一群人中

一定有善于表演，猴精猴精的人

一定有把人当猴耍的人

也一定有被人当成猴耍了的人

郭家大院

站在耗资新维修的旧房子里

我四处环视

想像着房主人当年大兴土木的富裕

抚摸雕花的门窗

我搜寻着郭姓人家残存的记忆

轻踩石阶，我辩认着旧时光

磨损的足迹

……

人去房空，我追问留守空堂的风

故人何在，谁是郭家人的后裔

风凄凄，风知道，风却不语

万象洞钟乳石

在这不见天日的洞中

要隐忍多久的潮湿和黑暗啊

才能一点一滴塑生出自己独有的特点

要耐住多少寂寞啊

才能将万象包罗，包罗得别有洞天

才能钙化成似象非象的奇观

才能让进洞的虚妄之人呀

指手画脚，大为震憾

续默，原名宋付林，诗作发表于《诗刊》《飞天》《诗潮》《草堂》《中国诗歌》等刊物，诗作入选《新世纪诗选》《中国实力诗人作品选读》《当代诗歌精品赏析》等选本。现任陇南市作家协会副主席，陇南诗歌学会副会长，文县作家协会主席。

武都早春拾句(组诗)

郝炜

张坝古村

万千屋梁

无非造梦一场

那么多前人居住的古屋

空着

仿佛做过的梦空着

我突然想做一个打更人

留宿此地

捡拾一些失去棱角的梦

约好梦醒起床

黑衣黑脸

一手马灯一手锣

替他们照看前山

一春温软的桃杏

郭家大院

院外白杨横卧

失去了根

院内深嵌的墙雕

无语蒙尘

我与西和故友院内院外寻遍

曾经的殷盛人家

不见一根拴马桩

偶遇一株养心的山茱萸

像一根瘦瘦的拴马桩

绽放古典的小花

如春天新绘的铃铛

一声,二声……

呼喊杨树百年之根

却让时间的盗马贼

将旁听的闲余声音

都偷得一干二净

八福沟遇雨

真好

没有门禁和安保

也不用交物业费

满崖悬挂细密的蜂巢

龙眼蜜，草蜜……

沿途一切香甜

真好

我骤然成为雨中

唯一的蜜蜂

飞得仔细而隐忍

知道一些中过的毒如何去解

逆风中如何飞得更稳

广严院中

风吹翘檐深静

一边的铃铎译文流畅

也许它和另一边

凝思不动的分工不同

译出的经卷

通俗或者晦涩

都交给风

能译多久

风没想过

原先寺内的千年柏树

因年久庙毁

孤身守在土坡上

谛听风来风往

捎回了日日课诵的莲音

种下它的那个微弱时辰

究竟能活到什么树龄？

山僧没想过

万象洞

消蚀两亿年的钟乳岩

像是时间寄给自己的包裹

从龙宫到天宫

靠前的石壁总有一处通往南天门

我们低头躬身，斗折蛇形

卸下日常的虚假

玩笑如同靓丽的网红

凭什么相信眼前的一切都将真实?

石头上刻着的

仅仅是南宋和明代的碑文

石头不懂朝代

像我们不懂古人

一步步接近和抵达的仙境

趟尽湿滑的黄泥

种过多少兰芝和惠草?

当我们躬下身来

像时间寄给自己

注定遗失的包裹

这颗被摇撼的寂寞之心

何日入洞, 何日凝结

能不能选择它像什么?

从龙宫到天宫

亘古未消的是银河

原路返回的是人间

裕河寻金丝猴记

群猴在峭壁上张望

遥远的看猴人

一头银丝的他

其实看住了白沙沟

全部的大山

他喊山的声音

满是悦耳的野趣

"小的们，开饭了"

已然把自己喊成了一只

老于雨棚的猴王

等忙完此生

才顾得上歇一歇

孤独的笑声流传山外

幸福的泪水也流传山外

郝炜，甘肃成县人，第四届甘肃诗歌八骏之一。中国作家协会会员，作品曾在《人民文学》《十月》《诗刊》《星星诗刊》等刊物发表。参加诗刊社33届青春诗会，第九届十月诗会，《星星》诗刊第四届全国青年散文诗人创作笔会。作品获《人民文学》第二届科学精神与中国精神征文二等奖，甘肃省第四、六、七届黄河文学奖。出版文化随笔专著《茶与马：在山河的旧梦里》，诗集《说好的雪》。

我从未像此刻接近春天（组诗）

郑丽娟

春日谣

第一只蝴蝶扇动翅膀

野杏树先害羞了

不曾想

满山草木亦为她倾倒

蜜蜂用生命追逐花朵

为了采最甜的蜜

不惜中最深的毒

花蕊深处挂满泪珠

夜雨压弯了半树海棠

晨露正在替它拂去忧伤

枯枝撑着花瓣往下游

追不上前头的松针

白沙沟 大雾何时散去

有什么要紧呢?

我更喜欢此刻

脱离人群一阵子

任泥点跳上鞋面

让手中的绿松石重回溪水

柏林寺

在清泉下净手

把屠刀埋进深山

像云雀一样

与柏树和槐树亲密交谈

内心万千种杂音

都将归于寂静

多么奇妙啊

走过那么多路

在这里,终获安宁

朝阳洞

起风了
朝阳洞经幡起舞
流水飞溅人头攒动
只有两株青杨树面向望鹤亭
静默站立

仙鹤在树巅憩息
时而低头看一眼人间

远远望去
她羽翼的光芒
如云朵自在飘浮
白茫茫一片

乳石吟

我不过是一滴水
被时间牵引
冷气剥蚀着我的肉身
我频繁地更换面孔

却还是没能长成

一块无棱无角的冰

我的钥匙很小

打不开万象洞的穹顶

于是乎, 学着做一只蛙、一头狮、一条龙

一双先人的耳朵或眼睛……

去爱上这洞穴幽深, 井水甘冽

亿万年, 滴水不断

我又变成母亲

给婴儿哺乳

把自己变成一块棉布

穿在孩子身上

春天招来许多新鲜小精灵

我连忙补妆, 与各族兄弟姐妹一道

搭台子, 为她们唱高山戏

诗人啊

如果你也身在其中

请把我的名字

写进你的诗里

纸虽泛黄, 仍会发出亮光

我想为人间灯火, 再添一缕微芒

看落日落到角弓去

十万亩春光都是角弓的

那片金黄色, 我想分你一些

油菜花要将胳膊伸到天上去

苜蓿撑开头冠, 独自舒展着枝叶

落日给大地披上袈裟

心里那头猛虎, 渐渐驯良

如果一直待下去

一直待下去

我就和落日一样温暖了

张坝古村落

从前 淋一场杏花雨

便与春风诉说心事

寻一棵千年菩提树

相思就有了着落

如今 老磨盘依旧转动

古廊桥琵琶声声

我想和你住在青瓦屋檐下

守着火塘, 等吊锅里冒出热气

俗常中, 爱上鸡鸣狗吠

爱上半夜老牛的呓语

白天, 我们用囤积的雨水

浇扁豆和丝瓜, 晚上

用一盏清茶

喂养一只丰满的月亮

夜宿裕河客栈

这个夜晚, 我拥有它

汹涌在心底的事物

花香, 水声, 或者微微清寒

一些羽毛飞远了

另一些又飞回来

酒至微醺，我试图按住它们

有些刺，不去触碰

就如蝉翼轻盈

身在山间，何惧旋风

万物皆有灵性，等你唤醒

我喜欢有翅膀的事物

多年前，就是在这里

花椒树和橄榄树用香味呼唤彼此

结为异姓兄弟

花朵和果实

落到那些向阳的山坡

现在，我来到这片草地

想为白龙江写首诗

水鸟叼来清澈的词语

柳絮在飞，波涛在飞，云朵也在飞

文字落入纸笺，恍若小草在抽芽

我从未像此刻接近春天！

花瓣、风筝、孩子的笑声

——会飞的，都属于天空

我的纸，我的笔，我的思想和皮肤

此刻，一如江边的芦苇

也张开了翅膀

告别坪垭

就此别过

除了思念，什么也别留下

除了祝愿，什么也别带走

再次靠近，你可以轻声唤她乳名

你们已是亲人了

日子低洼处，经幡允许眺望

篝火点燃一轮月亮

你若归来，雪山之巅桑烟升腾

青稞低头飘香，格桑花亦为你着妆

郑丽娟，1992年生于文县。爱文字，当老师。

武都春早（组诗）

何石拜

雨落八福沟

时间是饱含蜜汁的河流

在奔波中，溢出意想不到的甜

而突如其来的细雨

让人暂时忘了，尘世的愁

思念的苦

悬崖上的蜂箱，是一座座悬空的寺庙

是另一种爻辞，排列出人间

不同的卦象，阴阳变换中

天地人，万物，元亨利贞

心静，春山空

迎面一座小桥，渡你渡我

此岸，至彼岸

张坝古村落

村里的人，都走了
最小的孩子，也成了古人
几百年来，只有青石板还在
荒草还在，只有桃花的香甜
一年一年，填满了所有的
屋子、院子和村落

请原谅，我们幼稚的好奇
冒昧地打扰，我们的窃窃私语
是一根根善意的绳子
于想象的古井中，打捞出你
曾经的繁华，如今的宁静

郭家大院记事

允许自己的王朝衰败
江山更改，美人迟暮
允许曾经的铠甲，锈迹斑斑
利刃蒙尘

岁月的长河里

我甘愿做一介匹夫

每天刀耕火种，每天

与爱人，举案齐眉

广严院

人人都是一座寺庙

心里燃着不一样的香火

殿前，古柏森森

殿内，三佛含威而不怒

笑脸成慈

一念起，香烟缭绕

一念落，烟灭灰飞

万象洞

万物在此，皆可找见自己的金身

时间的刀、斧、錾子

为水，为风，为旷古的韵律

一下一下, 雕刻出神态自若的奇

眼角眉梢的秀

流水叮咚, 微风习习

砍伐出, 红尘中的芸芸众生

裕河金丝猴

以十里山林为家

放浪形骸, 疏于进化

举手投足间, 灵性之光尽显

左顾右盼中, 眉目传情

它们是我, 年幼无知的前世

我是它们, 轻薄傲慢的今生

何石拜, 笔名沉船非非, 甘肃礼县人, 陇南市诗歌学会会员, 作品发表于《飞天》等刊物。

我一直把春天嘴里的谦词当作真理（组诗）

亮子

我一直把春天嘴里的谦词当作真理

无需再增加什么特别的幽怨

陇上江南武都春早

站立在这坚实的土地上

我着实兴奋不已

我看见桃花盛开，杏花怒放，油菜花有奔腾之势

犹如我在花园里干活

它们就陪在我的身边充当信使

这种陪伴是彻底的无声的深沉的

忙碌的蜜蜂在花朵里撕咬

白龙江水从身畔而过

耳旁的春风摩挲着我的脸庞

我时不时直起腰来

驻足、观看、窃喜

我眼中的武都春早早已落在了这些

细枝末节当中

真是一场盛事，如此简约而又

动人

有一两只斜飞的燕子总在提醒我

故乡的春天来了

带着满嘴的谦词和真理来了

而我一直这样在加紧练习

开花之术

万象之列

有什么能比得上一块溶洞的包罗万象

那些水滴都长成了石头

那些石头都包容了水滴

它们已经浑然天成

它们不再辩解，也永不退却

不是水滴石穿吗

我偏要遇水生长

不是不见天日吗

我偏要包容万物

这石头里的壮观让我惊叹

沧海桑田间

我们也能触摸这万象之列

张坝古村落的杏花

"春日游，杏花吹满头"

在那棵杏花树下

我们都是少年

在那些花瓣之中

我们趋于垒石成屋的主人

需要多少层层叠叠的石块

来构建我们的屋子

需要多少烟火去打开历史的大门

以火的足迹追溯

我们都来自山顶洞人

以张坝古村落的杏花为证

我们都有可能成为它的恋人

裕河山水

清泉从石上流过

雾霭从山间升腾

山跟前的人家烟囱里冒着炊烟

这太难得了

这不是落后，这是田园山水的融合

茶园就在房前屋后

一场场春雨洒在茶树身上

一个个斜挎茶篓的姑娘刚从茶园回来

蜿蜒的水泥公路张望着

采茶姑娘也张望着

这来自清明前的泥土与黄金也张望着

茶园里劳作的丈夫何时归来

郭家大院的茱萸

终于识得了

"遍插茱萸少一人"的茱萸

细碎、金黄、微香的花开着

郭家大院的门也敞开着

一座保存完整的四合院庄重而又神秘

门楣两边的对联

让我再次确认："仁义礼智信

天地君亲师"

这些圣人之言到了今天仍然神圣不可侵犯

读懂了这些箴言

也就能像郭家大院的茱萸一样

盛开一次、完善一次、治病救人一次

我要和武都的山花一样占山为王

一路南下, 一路追随河流的脚步

漫山遍野的山花都在绽放

无论生长在山麓、半山腰、山涧

还是巨石之上

只要春天经过的地方

就属于我的国度

我不管你看不看我

抑或有没有看见我, 我在那里做功课

我和裕河的金丝猴一样

选择了这片山林之地

我就要占山为王

亮子, 原名李亮, 1987年9月出生于甘肃成县。中国作家协会会员。2020年参加《诗刊》社第36届霞浦青春诗会, 2022年参加国际诗酒大会第六届中国酒城泸州老窖文化艺术周。出版诗集《黄昏里种满玫瑰》。个人获陇南市2018—2022年全市优秀文艺工作者称号。作品曾获第十届中国紫蓬山诗歌节二等奖; 成县第二届西狭颂文艺奖银奖等奖项。

裕河的春天（组诗）

贺朝举

春天一次又一次地美丽着

赴约裕河的春天

我是如约而至

赶来与你相见

翻越千山万水

抚摸你的心事

我来的时候，带着山涧流岚

带着桃红柳绿

以及春天所有的季色

这可爱的人间

这蕴藏灵气的地方

神灵先占

而我们都是凡人心

与春天做着最苍白的交易

你交出美丽的山水

我会献上最高贵和最卑微的爱

在茶园里喝茶

茶叶被舒展的过程

是一个人被放逐的过程

滚烫的水是茶叶的血液

穿过微粒的皮肤

被舌尖一点一点地吞噬

毫无保留的

以及无可奈何的爱

春风醉酒

其实醉的是人心

这颗琥珀一样剔透

陨石一样沉重的血水

她懂你，也懂我

人世间，只有你和我

除此之外春天就是另外的

一个不像你也不像我的人

八福沟里的春雨

水会倒流

云朵的哭泣是往生的路

夜深了，你没有来

春风记得的誓言

在心上铭记一段路

为你披上盛装的是灯光

而目睹你美丽的则是

护在万千金甲之内的人心

风是冷的，直抵河边上的草尖

茶园的幼芽聚着灵气

一层层地蒸腾

捂热的情怀，土地分泌诗歌的元素

夜深了，花还在开

这人间的尤物

一丝一点的绽放

光亮的爱，瞬间

让我情不自禁地沦陷

在古村落里触摸春天

看一条大河沿大山的方向
一路带走许多人的梦
许多花草树木的爱
春天不吝啬
漫山遍野都是盛开的花朵

树木献出春天的孩子
我们喜欢嫩嫩的春
与杯里的酒融合
巨大的欢腾之后
虚无像这夜色一样空旷

有酒盈樽
大家都举杯盛满心事
而我的味蕾早已向美的事物
缴出投降书
纸面上,情话一堆一堆地飘飞

在裕河喝一场酒

蜿蜿蜒蜒的路是抵达你腹地的艰辛
曲曲折折的奔波是我追寻你的
一次又一次的抉择

春湿江南雨
春同样染透北方的云
喝的是水，用嘴仰头灌进喉咙
这聚满了所有味道的液体

人生处处在喝酒
豪华的，简陋的
豪情的，哀怨的
庙堂的，乡野的
深情的，寡意的

白天的，黑夜的
真诚的，虚伪的
喝酒，男人喝
女人也喝

今夜，暮色里的裕河

涛声温柔，只是少了一个

最能撩人的目光

我轻轻地，轻轻地用手触摸

触摸门板上那些纹路里的历史

这是百年岁月

风和月的幽会

在这万山之内

你那么早的离开

百水之外，我披星戴月辛苦而来

最后却是惆怅钻进了满心

裕河，适合谈一场恋爱

灯光属于黑夜

夜晚，有人说

璀璨的光芒迷醉人的眼睛

酒水难免平凡

而我喜欢黑夜

那些星星据说是一代人

又一代人

给世上留的诺言

山梁上, 最好有扯破的腔音

吼着, 我的情妹

我的人啊

一路漫过来

到八福沟时, 春雨比我先一步而来

沾满花瓣的小径

每个人都被自然给予的幸福

冲昏了头脑, 这狂野的美丽

这醉人的风景

我多次伸出手

想要握住那个她递来的温柔

在裕河适合谈一场恋爱

不是人间的爱

那种神仙恋的感觉

在炫美的路上

我竟然无言以对

无图可晒

寻访金丝猴

裕河有金丝猴

我听说已经有很多年了

在面目沉静的文字资料里

以及印得那么真, 那么细的图片上

而这次, 我是真的见到了

在莽莽山林里

在明如镜的溪水里

我们匆匆疾行

只为千里路上的相见

和你相逢

不是人生的三万天

我在春雨的浸润中

步行了八千步

我是有备而来, 与金丝猴相见

在万山之中, 流汗, 冒雨

一路艰辛地爬山

这些精灵, 这些猴王

在他们的领地等待我们的光临

一群猴子四处戏闹

很少有礼貌地迎接我们

这些远途而来的客人

吃东西, 摆姿势

赚足了镁光灯与赞誉声

只有一只小猴子

路过的时候和我对望了一眼

用他的语言与眼神表达了谢意

我们内心言和

把酒言欢

他说他的快乐

我说我的惆怅

在细雨里, 我们互致敬意

祝福各自安好

在以后的岁月里, 努力生活

与陌生的山水告别

在这青山绿水里
让我们放下身心里的疲倦
说说心事
把尘世间的苦与委屈扫除

这里什么都好
就连远走的流水都会给你留下
悦耳的涛声

那些繁茂的花朵
郁郁青青的草叶
沉默的养蜂人
零落的瓦舍
洒满花瓣的小径
默默吃草的牛羊

这美好的人间
此时，四月还在路上
我眷恋三月的阳光
那些温暖的事物

正被一群又一群人

用心歌唱

说别离，话还没有说出口

不忍心说出口

心里的不舍已经江水翻腾

离家与回家，这是一种常态化的行动

走过的山水，主要是看过的风景

就此一生，我永远都会有诗歌的表达

贺朝举，男，生于1979年，甘肃省作家协会会员，现为《同谷》杂志副主编。作品在《星星诗刊》《飞天》《甘肃日报》《绿风》等报刊发表。主编文学作品集多部，出版散文集《最后的桃花源》。

读春天也读自己（组诗）

嘉阳拉姆

裕河问茶

细雨中，逆风慢行

离云雾越近，越看清虚空

离流水越近，越靠近自在

当我紧贴一树春茶

探问春天深处的清甜来自哪里

答案势必是，苦

一朵花开到最后，只留一片叶

它已丢开蜜蜂和露珠，掌握了

将苦拌匀，拌出清甜的功力

写给张坝

想翻新你遗落在青瓦缝隙里的旧光阴

给堂屋还未冷却的火塘添一把柴

茶壶冒着热气，故人归来坐在对面

一树杏花，毫不吝啬把花瓣交给春风

一院老屋，毫不遮掩把故事说于我们

一切技巧，都不及真诚

当同行的人们急于探究你的秘密

我内心仗剑走马的江湖，平息下来

此刻面对面的只有：顺从

像杏树接受根系日渐老去，土地干涸

依傍的老屋人去楼空，村庄静寂

像阁楼接受毫不相干的人，无来由闯入

他们热烈又欢欣，窥探秘密交换见解

我不动声色，接受了这无端变坏的天气

并愿意，拿出骨头打磨的光

分一束，给更阴霾的人

郭家庄遐想

梳云鬓，描黛眉，着罗衫

开小窗一方，装得下

半树茱萸，一弯新月，二两春风

三寸金莲，如果足不出户

就在四合院内镶嵌流水之镜

照：云的灵动，花的俏丽，夜的虚无

这些，都是我

想要给你的初春之礼

空和满

空楼道，空屋

岁月将大手一挥

把满腾空

我举着春天的画笔

试图画从前的"满"

画一大家子郭家老小

画茶马古道拖回盐巴的瘦马

存放银两的铜锁木柜

晨曦与薄雾间升腾的烟火气

画穿过阁楼稀碎的脚步声

床榻边，盛满月光的布靴

画一轮还未圆满的月

和两颗温热不老的心

读春天也读自己

比起新的春天

我已显得很老

春天有嫩芽，有花苞

有一树树跃跃欲试的绽放

我有裂痕，有补丁

有斤斤计较的小心眼

而比起经过的诸多个春

眼前这个我还足够年轻

还能开花，修剪

埋下秋天收获的伏笔

不向雨水辩解我的诚意

不向流云抒发我的笃定

我把删繁就简的自己，递给春天

哪怕只拾捡到一小撮明媚

也要谢谢你，春天

如今，除了感恩和赞美

我还学会了理解与感同身受

福口茶舍

茶舍后院养着八个孩子：

福德、福禄、福寿、福禧

福星、福相、福居、福报

太阳出来，主人晒辣椒蘑菇野山菌

自己种豌豆、玉米、白菜

也种茶、采茶、摘茶花

他们炒菜很简单：花椒、盐

没有鸡精、味精、五香粉

也不讲情话。猫狗都很清闲

太阳一点点落山，云影斑驳

八个孩子嬉戏山水，不着急回家

我坐在院中，突然渴望，在此老去

守一方小院，守着初心

命中留过的人，画在石头上

经历的苦难，全丢进溪水里

心里生出的欢喜，交给满天繁星

如果有人来访，爱人煮肉我烹茶

谈天说地，听风看云

再对他们，唤出八个孩子的名字

游万象洞随感

（一）定海神针

俗尘重，苦难多

猝不及防，翻江倒海

一根定海神针

风吹浪卷前，取出它

轻轻立下

完成一次风平浪静

（二）天地交泰

天向下长，地向上长

一年一寸，万年不舍

交集之处，留空白一片

天若继续向下

地便停止生长

地若执意向上

天便原地等待

天地在我们看不见的地方

适当留白，此消彼长

（三）万象，万相

我是最小量的溪，流向你

抵达于亿年之前

带着另一块版图吟唱的月光

终其一生去寻觅，见证

落地生根，柳暗花明，绝处逢生

当溪水穿上石头的盔甲

石头的心脏有了溪流清漾的节律

水乳交融，万象次第显现

万象即万相，即你即我即众生

入洞，出洞，一步之遥

成象，出相，一念之间

嘉阳拉姆，女，藏族，甘肃省作家协会会员。2022年出版诗集《叶贝布姆》，作品发表于《诗刊》《青年作家》《飞天》《草堂》《星星》《诗潮》《鹿鸣》等刊物。

在武都（组诗）

崔士杰

在武都

在武都春早的夜里
我曾伫立酒店的窗前
看外面雨水滴落

两岸的灯火，略显朦胧
星星点点的跳动
白龙江，像一条人间的银河

万象洞的亿万执念

佛说，对于人间不要有执念
任山中桃杏开落，心平见佛
万象洞说，没有执念就没有浪漫
我等的人，她还很远

于是一滴水接力一滴水

一世轮回一世

万象洞守望了亿万年

佛法加持

山中的桃杏也开落一个个春天

郭家大院

武都春早, 旧时王谢堂前的燕子

还没有飞回, 郭家大院栏沿台子上的石麒麟

于黑夜里一日日送来人间

房垣边的茱萸花碎碎黄开着

我知道它在告诉旅人

"九月九日忆山东兄弟"

莫去登高, 来此处就好

童话小镇

远远看着

绿森林与白溪水

一条山间小路的距离

刚好是童话镇的侧脸

它脸上光泽荣华

描眉画眼的笔法

额边画童年，鼻翼画春天

下巴上画了东方仙境

与这可爱的人间

裕河

山水草木间

我有幸宿裕河一夜

春日的小碎步从五马河上走来

野桃花争先恐后的在水边修饰妆容

茶叶与诗歌被一位大娘杀青

温度，火候恰当

味道得以平稳、鲜香

如同生活，我知道这是有必要的

如同朴素的哲学面前

我今晚才小有领悟

裕河的山水草木及大娘炒茶的功力

都是我曾背离的导师

感恩他们一直都在，武都春早

白沙沟

与一群金丝猴交换礼物

与一山草木握手言和

予以彼此满心的欢喜

予以相互勃勃生机

白沙沟有自己独特的言语

用石上的清泉，松间的明月

迎送山外的访客来来去去

我把对故乡最后的爱，都给裕河

纵有一万个理由背井

还有一个借口归来——故乡

一方祖先世代打磨后镌刻的印章

活成山与水，贫与富

良田与牛马的村庄

我从灯火迷离的都市中来

把对故乡最后的爱，都给裕河

给西秦岭南麓厚朴的水木

给裕河的山民

在千年贫穷中守住了古老的裕河

我给裕河的山山水水

给我对故乡最后的赞美

从此，我奔赴远方，把蓝天白云下

千山绿透，万壑滴翠

留给裕河，留给故乡的山水

我爱白沙沟俏皮的金丝猴

与"猴哥"互通着守望的心事

四月的鸣蝉，知了声声

相思的红豆撒满裕河

石块堆砌的水磨房，早已布满岁月的斑痕

遗落的种子开满山花

黑龙潭神娱的金鱼

在周氏兄弟被处决后归隐山林

马兰花，紫色的花穗

七里香里杜鹃的歌声，凝成苍老的古藤

一日日缠绕着仗义千年的黄连树爬上枝头

七里香啊，开了

万山的夕阳老了

在人间最后一片草木净土里

让我陪你在新月边上，躬耕青山

潭梁半岛刚好盛下一块爱情的犁铧

枫桥夜泊，拴着一段尘封的往事

千年来，红叶蘸着阳光的水墨，层林尽染

在这被遗落的仙境

我不止一次想起裕河采茶的女子，唱给喜鹊的民谣

甘陕川三省的鸡鸣俱响

鱼甲梁火化龙神的庙邸前

我们不再拜刀剑江湖的把子

我要在三边茶舍的黎明里

早早起床，劈柴生火，沸煮三碗茶酒蜜

为即将远去的兄弟，也为自己饯行

把我对故乡最后的爱，都给裕河

八福沟

水草繁茂，林木翠碧

走进烟雨缠绵的八福沟

不用祈祷，随处便都是福祉

木栈桥附下身子的那刻

就是我的生命导师

春茶上的露珠教我清透

山溪边的野花教我谦卑

至于还不能领会的

来此一游，多已洞彻

广严院

遇见广严院，就遇见了信仰

能传千年的，不仅仅有记载帝王的史书

这唐代柏槐，宋代的寺庙

同沐着风雨

那一日，法号智光的僧人着装素雅整齐

香烟缭绕，大雄宝殿的诵经声

与一次次被撞击的钟鼓的浑厚钟声

奏成弥陀院里殊胜曼妙的交响

山间有回声，河岸的官道上

朝廷的敕令正奔此而来，马蹄喜悦

为此，本不着相的佛陀，心系众生的悲苦

整整执念了十多个世纪

在每一次日出日落里，法音不绝

像福津河畔茶马古道上清脆的牲铃

政权南迁，捍卫国土尊严的重任

落在弥陀身上

从临安朝廷传来的一纸敕令

不过是要传承韩琦、欧阳修等人当年的血脉

故园北望，山河风景，民生安乐谁不仰仗佛法的加持

不远处，吴氏兄弟筑城御敌的鼓点

急急缓缓，此地的钟声亦彻夜不绝，格外辽远

身后即家国，金人终未能破此心法

因而，广严院早已写满历史

北宋的敕令，南宋的碑文

"嘉祐七年、中书门下、礼部侍郎、参知政事……"

这是正法的荣耀，尘世的君王也作卫道的佛子

百姓歌咏不绝

时光轮回，善事接力

我于千年后的清晨，合掌稽首

在这层峦叠嶂的山中，找回失落的人间

国土广大，风景庄严

菩萨的眼翳里也藏匿凡夫的爱恋

佛曰：善哉！慈悲

坪垭

因为僧人的诵经声不绝

圣河白龙江得以夜夜复活

九瓣莲花盛开的藏乡江南

就是你啊

我一次次朝圣而来

经幡被吹起的时候

佛法的加持也被吹起

朝阳洞里的唐代卧佛

曾在殊胜的一日

化身汉民的善男子，藏族的善女人

手拈这人间的十万亩油菜花

微笑着去坪垭山上

开示汉藏两家的和亲

崔壬杰，甘肃武都人，武都区作家协会理事，武都区文艺评论家协会副秘书长。作品散见于《中国诗歌》《雪魂》《开拓文学》《鸡西日报》《关山文艺》《万象洞》等刊物。作品曾获首届"武都文艺奖"。

武都春早长短句（组诗）

赵晓艳

烟雨裕河

去往八福沟的路上
雨突然就这样来了
安静而持久

沉睡的山茶树被烟雨唤醒
山茶树里有远方传来的消息
淡淡的，它们保持着一种默契

风穿过每一片叶子
香味从四面八方涌来，又向四面八方散去

雾慢慢升起，天空越来越白
鸟鸣，树木，河底的鹅卵石
都在讲述着一个古老的故事

每一树杏花，都有自己的名字

轻风拨弄草木
杏花安慰着低处的天空
天空那么蓝

在张坝古村落
我曾与一树树杏花擦肩而过
每一树杏花，都有自己的名字
它们枝叶摇摆，翩然起舞

山茱萸

山茱萸，是"遍插茱萸少一人"的茱萸
是三百多年前郭家大院里的茱萸

它们迁徙，落地，生根
并繁衍生息

万象洞里的钟乳石

"嘀嗒"

水滴石穿, 两亿年中

钟乳石在黑暗中不断塑形, 有了灵魂

在坪垭

我看见, 油菜花一层一层打开

怀抱小小的火焰

在这里奔跑

在坪垭, 大多时候

一个人就是一团火焰

每一座村庄都有太多值得守望的事物

浩荡的春风, 静默的水稻

它们轻微的摩擦

就是人间万物在相爱

朝阳洞的下午

我该如何爱你呢

仙鹤站在白杨树上, 鸣叫

一个春天来了

枯枝一片一片吐出新叶

风吹动经幡

仿佛吹动一个女子千回百转的爱恋

赵晓艳，陇南市作家协会会员，陇南市诗歌学会会员，武都区作家协会副秘书长。作品发表于《诗刊》《飞天》《陇南文学》等刊物。

寻美武都(组诗)

张文军

武都春早

根须扎进北山和南山的武都

旋律渗进白龙江的武都

因为公园里的几树桃花

清空了冬天的记忆

一同清空的

还有雪花与雨水凝结在一起的坚固合力

有风霜暂存在地面的昏暗颜料

有枯叶簇拥的荒凉和孤单

有紧挨着我的

心事重重的

虚拟邂逅和抵达

万象溶洞

习惯用石头陈列灵魂
也就习惯了用石头开路

习惯了石头的器皿和琴弦

习惯了花朵、人物和马匹
在石头中会合

习惯了, 把一块又一块石头
塞进自己的胸膛

胃液深处的姚寨

无非是一次偶然
我却将姚寨楔进了胃液深处

其实宽阔处是一个甬道
那里枝繁叶茂
地上的果实, 从不腐烂

我知道，不是所有植物

都能长成参天大树

不是所有大树

都能结出香甜的果实

所以，我把那些美好的物事

馓成搅团、拌成疙瘩、擀成节节……

——让它们以胎心的名义入籍故乡

并且用一点点醉意

修复日益凹陷的齿痕

张坝古村

一些是被雨水冲刷的

一些是被汗水冲刷的

脚下的青石，干净、规整

透着新绿，保持着安全阈值

不需要搭建新的台阶

它们就是登高的梯子

踏上一步，到达一处老屋

踏上两步，到达一座村庄

踏上三步，到达一个朝代

倘若连踏四步

那就成了一种舞步

溪水轻柔的节拍中

混杂着大地的重低音

2023.3.25

张文军，1976年生于甘肃静宁，现居甘肃两当。作品散见《草堂》《飞天》《绿风》《甘肃日报》等刊物。

你是一束远古而来的光
（组诗）

曹焱

万象洞与光

你是一束远古而来的光
把尘埃变成石头
把水滴变成声音
把岩石变成文字
……

你也是被大自然偷来的光
蒸发，发酵
将石头幻化成胎形
让每一块都开口发声

你亦是武都向外的光
用四亿年时间
划过碑刻流向神州大地

你更是温暖世界的光

用石头造的笔

向世间临摹时空中的生活万象

吻水

烟雾里村子露出一角

牛在干净的地里看我过岗

风跟着我下山

还有吻过大地雪啊、雨啊

此刻。几乎所有和水有关的

都从高处流下来

世间万物都跟着涌动

凡流过的地方都会被记录

古村。甚至包括一切事物

于是

当你想起古村。故乡或其他时

就俯下身子在低处吻水吧

白沙沟,我想你是一地庄稼

我想你是一地的庄稼

以庄稼的姿态活着

可以是麦芽、苞米、稻谷

到收获的时日

会自己掉下来,成为最熟的果实

我们忙着收割秋天后面的冬日

努力把房前屋后土地腾空

我们想种更多的土地

想看更高的天空

因为所有地里的庄稼都会自己长成粮食

在一滴雨里看八福沟

在八福沟只想把雨砸的更碎

变成更小的水

落地无声

在林中悄无声息

在潭中变成镜子,石头的饰品

每一滴雨都会在八福沟循环

草木生灵的脉络里往返

大大小小的水潭、青苔，树木上经历轮回

经历完从无到有，从雨到水

记录八福沟，见证草木万象

而后又回归到刚落下的一滴雨里

此时，你正好赶来

入坪垭，如见佛

像往常一样，出发时我带着村庄

以及牛马牲畜，儿时的梦想和全村的光

独行，又和众人一起奔跑前行

庙宇下转经筒不停被转动

亭子上红白蓝黄绿经幡随风飘扬

师傅念着经转动佛珠走来

我仿佛看到眼前闪过一束光

村庄被照耀

庄稼丰收，人畜安康

我继续向师傅询问佛与众生的关系

师傅双手合十向我作揖

回头看了看佛像，指了指佛龛上的经书

花海拾春

火车穿过田野

惊醒了风

金黄色的花瓣飘满村庄

姑娘背着孩子

提着竹笼采摘春天

我们像蜜蜂一样挤进生活的田

出来却找不到自己的影子

曹焱，原名曹毅，甘肃省作家协会会员。著有诗集《伞缘》《半世浮尘》《爱是慈悲，不爱亦慈悲》，散文集《异乡人》。编剧导演微电影《青春，和梦想一起疼痛着》《灰色的铁》等，作品散见于《人民日报》《兰州日报》《诗刊》《陇南文学》《武都文艺》等报刊。

武都春早(组诗)

雷爱红

万象物语

一

在相机捕捉的惯性下

对一座有深度的溶洞来说

被压缩为一张照片

难于呈现奇迹

而近乎于暴殄

世间没有哪种镜头比得上

人的眼睛,没有哪只眼睛

比得上身临其境

二

天下粮仓

散发着谷物的气息

受到的礼遇,还在生长

眼看要撑破溶洞的肚皮

天大的事, 就是老百姓的事

把粮食从泥土里交出来

储藏在洞中

但这拿亿年为单位

来计算的速度

远不会成为我们的忧虑

三

苔藓蔓发, 在洞里温柔绽放

像手绣的花朵

守着闺房

一丛蕨类植物

站在身边

有根, 有茎, 有叶

绿色的心, 有梦

梦里阳光照耀, 微风轻拂

一种叫做天空的事物

绣着云朵

倒映在青苔上

四

在母洞，见到望月的犀牛

月亮像一面残缺的镜子

犀牛，努力窥视人间万象

在乳洞，见到了它遗失的童心

像一颗春天的红草莓

悬挂在初生的石钟乳上

五

穿过风洞时

被狠狠地撞了头

才意识到，垂悬很低的

是石头，是寸步不让的坚硬

在与水抗衡。多久了

没有水滴石穿，却水乳交融

水从哪里来，悄悄地流淌

水做的女人，既是一个人身体中

的骨头，也是最温柔的部分

六

石柱一层层长高

蘑菇一朵朵开花

伞下斗拱，菌盖的褶子

纷纷罗列诱惑

即将打乱人群的定力

一朵莲座浮出水面

经历了人间苦难的神祇

贴上封条，压下了躁动

如怀中婴儿

耳朵，像两只油画的陶坛

在纷乱的色彩中，沉睡

七

分解最慢的碳元素

在成型极慢的碳酸钙上

留下手写的行体

某年某日，有人享用过

旁观的氧气

某年某日，有人又享用了

我们的眼睛和思维

前者，在场的事物

我们尚有呼吸器官去考据

后者却隔了数百年

照见，洞中的回声

令我们无法检索

却要苦苦寻觅

（八）

其实，更愿看到像一个孩子

的小，和新

倒垂的钟乳石

那么密集、纤细

像脸庞，布满白色绒毛

像无处不在的开心

和洁净

那些孔雀，镜子和天马

从童话中漂流而来

乳洞，像人间的一棵浅草

寻访张坝

石板房的匠人们

敲打着薄薄的片石

总会有一些撞击之声被行人

像脚底的黏土一般带走

我在火坑前慢慢烧将

锻打, 淬火于一杯明前的叶片

起身时, 在微雨的吆喝声中

踩青了石阶缝隙的草

一瞬间, 我发现

木楼窗也有些湿润, 宛似

一个人回忆的眼眶

此刻, 楼板带着颤音道

兄台, 有礼了

离开之时, 才意识到自己

是寻鸟鸟桥和大团鱼河去的

也是循着一棵杏花的春天去的

郭家大院

路上, 山排列成

鱼的骨架

花草越来越集中的绿

指向郭家大院金黄的山茱萸

当后院的樱花

快被溪水喊醒时

我在天井

与刻石四目相对

在楼上，我没有说话

但有那么一两行字

早已嵌入木雕的行间里

开始发声

宿裕河

清晨，推窗的那一刻

我被一条山路清空了

包括昨夜的残酒

和倦怠的梦境

那是一条洁白的弯道

在山头藏身

在油菜花金色的河流中流淌

鸟鸣点缀

这看不见的香时

不厌其烦的好脾气

突然就回来了

我要从那条弯道上回去

对，经过那条洁白的弯道

八福沟的木头

透明的雨，穿在草木上

微凉，如初春的一层香气

入沟处，见木楼侧身

迷惑间，廊檐水窝有请

洞穿烟火，方入八福之地

茶园铺陈做向导

桥面木排，觅得三两空闲

看红尘入戏的桥段

我恍若樵夫遗下的一棵红桦

横跨于流水，偏安

又惊梦于朽损的断面

结伴相携，谨防陷入独来独往的

方言土语和山歌小调

挥之不去的相遇，在水木裕河

更老的时候

就回到沟口的堂屋里

怀揣一双心头的脚印

去煮酒、烤火，让挂在梁橡上的腊肉

慢慢熏干

白沙沟之行

上山时，我卸下一些

被磨碎在生活中的巨石

小径也铺着碎石

被无可选择的弯道

追赶到山顶。近距离

去看金丝猴，一只只命运的骨骼

隐身于族群的规则，相互取暖

我像一棵蒲公英，被山风刷新

如身后的石林，一身嶙峋

下山时，我们礼让着一个个

匆忙上山的人

先生那句温暖的话语，雨水一样

落在心里，抵达芽苞的内部

回到装满石头的河流，此时

对岸石缝中高大的山桃花

在风中泛红

保持着时间之美

广严院

它守着半坡黄土

沉寂，在时间的糙痕中

静坐。殿里的佛亦如此

然而人间春风浩荡

像所有的脚步

踏进正殿，又穿出后门

它身后藏着一棵古柏

虬枝参天

却无法丈量一个人的孤独

我们在心中取好姿势

四人合抱，千年草木

临别前，粘在裤腿上的草屑

像古柏下带刺的尘埃

动了一下，轻轻提醒我

要及时放下小小的隐痛

住在紫泥上面

住在寺中

经受筛选和历练

呈现着各不相同的紫

宋代的碑刻很老了

但记住了一些人事

大雄宝殿正后方，一口石砖

曾打开雨过天晴的成色

也掏出过银星闪烁的愿望

经过时，斗拱檐角风铃摇曳

我尝试紫泥封印

像是用一部分身体

抱着另一部分，像感觉到

另一个人

心底封住的秘密

朝阳洞

穿山越岭，朝阳

山越大、沟越深

她们的模样越英俊

她们，花曾识面若含笑

化开了前夜的雨水

山顶的雪和乌云

山坡的寸头，正在着色

柏树像鬃毛一样，贴着

一层层登高，入洞窟

一次次还愿，盼清明

用背篓运输木石的信徒

在人世的高处，修行

雷爱红，甘肃省作家协会会员、陇南市作家协会理事、两当县作家协会主席。现供职于两当县文化馆。作品散见于《星星》《绿风》《作品》《飞天》《延河》《青年作家》等刊物，诗歌入选《2022中国诗歌年选》《华语诗人年选2021-2022》。出版诗集《慢城流光》。

遇见春天（组诗）

周亚强

在角弓，遇见一只蜜蜂

在油菜花盛开的时候，遇见春天
只为了等待梦中期待的那一朵，我翻越万水千山

躲过寒潮，躲过风雷，甚至雨雪漫漫
每一步坎坷，都让我愈发执着，执着如指针向南

有人说，我已深陷泥渊，不可自拔
但只有我知道，是你的微笑，你的呼唤
伴我飞越沧海，飞跃昆仑之巅

多少次啊，从梦中惊醒
我抖落风尘，一路向前

一月的风太硬，二月的雨微寒
只有三月的阳光，能够温暖我的心田

像风一般的，飞越八万里寻找你

那翠绿的长裙，金黄的笑靥

我带着远方的甘露，精心呵护

只为在旭日初升的时刻，送到你的唇边

万象人间，万般执念

修炼千年，我成就万种形态

但每一种形态，都在心中镌刻着：我爱你

千万年的守望，我等待无数次的轮回

只为在最美的时刻，与你相见

一千年前，我是山中修行的白狐

抢走了许仙手中的纸伞，以为可以成仙

一千年后，我是沈园墙头的断肠诗

忍受不了寂寞，化为桃花，盛开在李香君的折扇

一滴泪滑落，我称之为寂寞

千万滴寂寞滑落，人们称之为钟乳石

我不知道什么叫做不朽

你有一千种理由，我有一万种执念

在张坝，守望一树花开

总想觅一方净土，种花，种菜
也种下年轻时的梦想，可能是诗与远方

那些种子，早先还保存在手心，后来
驮在马背上，再后来，寄托在远行的小船上
而现在，已不知消失在何方
只剩下空空的皮囊，盛不下月光

风雨如晦，鸡鸣不已
遇见你，我丧失了所有的勇气
起风的时候，我在山中看云
花开的时候，我在林下等你
月光皎洁，我斜倚南窗，闲敲棋子
等风来，等云起，我等春天也等你

我看到每一瓣杏花，都可以印上你的额头
不大不小，不深不浅，如同山谷悠远的琴声

守望一树花开，看蝴蝶翩翩起舞

我努力睁开眼睛，仔细辨认

那一对是梁祝，那一只是庄生

周亚强，90后，甘肃陇南人，现供职于陇南扬名中学。《子曰〈诗刊〉》会员，甘肃诗词学会会员，陇南诗词学会副秘书长，陇南青年书法家协会会员，武都区作家协会会员。作品常发表于各种报刊及网络平台。

阳光的加持是澄明的供养
（组诗）

刘彦林

万象洞偶得

再硬的命

都比不上钟乳石的骨气

再深邃的洞窟

都深不过灵魂的度量衡

从万象洞走出的人

命运的外延

就有了无限可能的疆域

兴隆寺遇喜鹊

姚寨沟的神秘

随着步履声渐次打开

最美的春

沿着桃花微笑的角度

一帧帧地展播

出乎预料的遇见

在门牌为曹家堡村235号的兴隆寺

走进庙门的刹那

一只喜鹊用清唱的方式

迎迓远道而来的客人

那时，阳光温和，云朵悠然

端坐的佛像安静地呼吸

唯有庙侧的梧桐树

把喜鹊窝安放在牵挂的最高处

即使关上寺门

我仍然对喜鹊保持着

无尽的钦慕

八福沟遇雨

裕河搂在怀中的八福沟

一树树的山桃花

毫无芥蒂地打开了心扉

成千上万株低矮的茶树
生出翠绿的舌尖
意欲唤醒久居闹市的味蕾

河道里静默的石头
每每与河水相逢
都会悄悄地握手言和

武都湿漉漉的春天
雨滴轻轻地抚摸我鬓角的花白
我豁然对苍老有了
怅然若失后的理解与释然

白沙沟初见金丝猴

在裕河镇，白沙沟是幸运的
在白沙沟，金丝猴选择的山崖是幸运的
人到中年，遇见它们的我是幸运的

春光恩爱着的武都

我们一路循着粉嫩的景色
心怀迷恋，对大自然的精灵
心生喜爱的波澜

饲养员播放出乐曲
这群异类的家族，欢呼着
蜂拥而至，捡拾一粒粒玉米
或者半截香蕉
表情皆是满足，我由此温习了
幸福并非源自华屋与美食的格言

也许最大的幸运
就是在灵魂中建造一座
自由的殿堂

自酿一坛咂杆酒

在角弓，一畦畦油菜花
敞开心灵的天窗
把金黄的喜悦
高擎于翠绿的梦想之上

金丝纺织的锦缎，一经铺展

风的手指捋出浓郁的芬芳

无边无际的欢喜

与湛蓝的苍穹无限接近

与面目冷峻的高山心有灵犀

从田垄阡陌间走过的人

把自己幻化成勤劳的蜜蜂

萃取丰腴的惊喜与珍爱

然后，把丰沛的留恋

酿制成一坛自制的咂杆酒

与一棵树交换脉搏

在三河镇柏林村福津广严院

就有与九百五十岁槐树合影的念头

想到曾有过的那些污秽之想

只好摁灭心头的火焰

及至到角弓镇陈家坝村朝阳洞前

和一棵树站在一张照片的心情

比一盆火更加热烈

最终，一棵一千二百岁的青杨树

借助手掌，同我交换了脉搏

那一刻，触摸树的年轮

比一张老唱片更有鲜为人知的秘密

那一刻，树用强劲的心律

化解我淤积胸膛的怨恨与情仇

似有所悟：人与树的差别

就是人可以比树

有更多可以抵达的远方

唯有烟火更暖心

对张坝村桃花盛开的消息

大团鱼河从来不会说破

郭家大院兴盛与衰败的缘由

裕河水也不曾隐瞒什么

泥土堆垒的墙体

由片状的石块扛在肩上

木头的骨架卯榫会心手相牵

屋顶上的青瓦

领受阳光爱抚也经历过雨雪突袭

时光的利齿不会变钝

石磨咬碎玉米的咯叭脆响

终会三缄其口

马蹄与碌碡碾留下过辙迹

牛羊与家禽的啼鸣

过往的风沿河悉数驮走

摸过张坝村的过往

又摸到五马镇郭家大院石雕的

漫患，再摸摸胸口

还是人间烟火更能暖心

身披迎春花的裂裳

在福津广严院

最虔诚的崇敬投给了

那株九百五十余岁的老槐

每一道时光皱擦过的树干

都藏有一颗佛心

看着伸向天空的枝柯

我想到灵魂达到的高度

看着站立参禅的姿态

我想到佛就在心中

看着那么多藤蔓的缠绕

我想到普渡慈航

阳光的加持是澄明的供养

迎春花正在拈花而笑

老槐身披世间唯一的袈裟

比开花的桃树

更懂什么才是真正的修行

刘彦林，笔名文杉、乡燕等，生于70年代。系中国作家协会会员，甘肃文艺评论家协会、甘肃当代文学研究会会员，陇南市文艺评论家协会副主席。作品曾在《诗选刊》《星星》《西北军事文学》《散文诗》《散文选刊》等报刊发表，部分作品被《甘肃的诗》《甘肃笔话》等书收录，或被《都市文萃》《文苑》《时代青年》《课堂内外》《全国优秀作文选》等转载。著有散文集《七里香花开》《弹响心弦》《故乡事》等。

梦境里的春天(组诗)

杨波

张坝古村

沿着石板铺成的小路,一直往前
就是我守护的庭院

院中的桃花开了又谢,谢了又开
一半被我酿成了酒,一半深埋在泥土

夜晚时分,当山涧的风吹响屋角的风铃
我就在桃树下开始与自己对弈
手中的棋子却迟迟不肯落下

我在盼一位能与我对饮的人
诉说这方山水的前世今生
也在等一个陪伴我守候内心的人
等待下一季野茱萸的烂漫

饮酒

一个古老村落的春天
正寂静地开放
当清风吹响屋檐上的风铃
明月就会在窗前点上一盏灯

远行的人啊
请进来喝一杯酒
就着瓦砾上的青霜和石板上的花瓣
直到酒过三巡
鸡鸣三遍
我们便转身离开
永不相见

梦境里的春天

那些曾在梦里出现过的事物
在这里都一一呈现

湿漉漉的石板路
几株桃树在风中摇曳

八福沟凌乱的石头

正试图占据前行的路

一棵古柏投下的阳光

把游人照亮

石岩上眺望远方的猴王

正在谋划下一方领地

……

美好的时光总会转眼即逝

留下来的总归太少

带走的也满是遗憾

油菜地

盛开的万亩油菜地

正肆无忌惮的把大地、河流、天空

染成了金色

在这望不到头的金色浪潮里

写下关于对春天美好的诗句

写下对未来的思索和困惑

每一株用力生长的菜籽秆

都应给予热情的鼓励和真诚的赞扬

我是一个内心柔软且脆弱的人

偏偏在这里迷了路

要我把关于春天的心事

该说给何人听

广严院

在巨大的佛像面前

我就是一粒会呼吸的尘埃

双手合十，磕头跪拜

世间多疾苦，人心难揣测

我已分不清到底为谁在祈祷

但我心底的怜悯提醒着我

要认清每一条河流，每一株野草

要认清屋顶上的青霜，远去的鸟群

它们都是我不认识的亲人

另一个世界的自己

2023.3.27

杨波，生于1992年9月，甘肃礼县人，甘肃省作家协会会员，陇南市诗歌学会会员。作品发表于《飞天》《草原》《青年作家》《鸭绿江》《诗潮》《人民司法·天平》《甘肃法制报》《延河·下半月刊》《天水文学》等报刊。

武都春早（组诗）

夏沫

裕河听雨

时间把最珍贵的种子
藏在我们的心底

等一场雨水穿过万家灯火
穿过崇山峻岭
再穿无边的旷野

在东风解开大地的衣襟
迎春花铺满山野时
我们相约去裕河吧
围炉烹茶，把酒言欢

累了就和衣而卧
听，窗外雨声潺潺

这个春天注定会有情有义

追逐自由和温暖

裕河的春天

春天在一滴清露里呈现

一个好色的人

迷失在杏花的白

油菜花的黄

和雨雾挡不住的群峰里

要不是雨水清凉

总觉得人生就是大梦一场

忽略柴米油盐的日子

人人都可以做到

不问世事不言悲喜

而此刻 最适宜沾花惹草

沉醉于春风的怀里

万象洞

把半生的感叹号一一解绑

在时间的谜语里

惯常的词语早已失去分量

倒挂的钟乳石

都有一颗向上的心

它是时间锻造的锋芒

是立起来的流水

是流年雕琢的配饰

不用刻意

给一块站立的石头命名

它们是时间闭口不言的秘密

你心有所念

时光都会为你缓缓呈现

玲珑心

在时空的回音里

我每唤一声

石头上就生出一片羽翼

那些站着的

坐着的

趴着的和倒立着的石头

每一块都是怀揣着玲珑心的故人

它们在黑暗里飞翔

在轮回里守望

以水为媒

做了时间的新娘

它们的爱情叫地久天长

它们的孩子叫万象

我这个假装热爱生活的人

面对这些石头时

才明白什么叫虚度时光

张坝的春天

张坝的春天

是从一树杏花里开出来的

微风一吹

满枝的花朵

把春天推向了高潮

白云在流水的镜子里轻晃

鱼儿们在穿针引线

想把春天永久绣在水面

山茱萸用鹅黄营造的浪漫

一树连着一树

一枝挽着一枝

细碎的春光一会被聚拢

一会又被风吹散

鸦群盘旋，落花懒散

如果生活允许

这里便是最好的归途

武都春早

一路被花朵夹道相迎

这样的礼遇让我心慌

迎春花，玉兰花
野桃花，油菜花
一树比一树热烈
一片比一片奔放

在这被春天偏爱的土地上
万千花朵一拥而上
给日夜兼程的白龙江水
穿了一件万紫千红的衣裳

春天就该这样
自由、随性，不被定义

郭家大院

关上是一扇窗
推开是春山站两旁

马蹄已远去
古道上少了热心肠

刻在石头上的誓言会老

写在族谱里的名字

会被岁月遗忘

饮马的石槽

因为听不见马嘶而黯然神伤

开花的茱萸

好像在一遍一遍追问

你是不是当年的那个少年郎

把推开的窗户再次合上

心里住着的那个人

注定不会和你同看这满坡春光

雨落八福沟

没有人能拒绝一场春雨的深情

在八福沟

有人喜欢流水

有人喜欢茶山

有人寻找山水的灵气

有人抱怨道路蜿蜒

而一树李花深情款款
满山云雾温润缠绵
身披清露的密林不发一言

只有我们各怀心事
在同一条路上寻觅各自的春天

走坪垭

风吹经幡
天空就有了彩色的光环
风吹人间
花香就把村庄弥漫

看白龙江水滔滔
车流如织而过
八瓣莲花环绕的村庄里
桃花映红了人面

菜花黄，杏花白

橄榄成林，花椒满园

幸福的生活就是一代人命里的春天

白沙沟访金丝猴

再隐秘的地方

都会有众神的眷顾

雨雾把群峰压缩成一滴滴清露

我背负着沉重的肉身

一路向高处走

这猴儿们多么灵光啊

它们占山为王

与世无争的生活

让我们这些爬山涉水就为看一眼

它们在峭壁上撒野的过客心生嫉妒

高嗓门的守猴人一开口

众神归位

山林肃静

金黄的玉米粒

挥撒出这一日的好光景

不用刻意说再见

或许这一眼便是万年

朝阳洞拜睡佛

白杨挺拔，竹影婆娑

灵性的大鸟

在高空盘踞

众佛都端坐庙堂

接受着信众的膜拜

唯有睡佛一梦便是千年

从不过问江湖俗事

此刻春山如画

我也要虔诚的跪一回

不为长命百岁

不为荣华富贵

只想有一日也能一梦千年

不被肉身拖累

一只蜜蜂穿过油菜花田

春天把仁慈
洒在这金黄的原野上

我们的爱已苍老
任春风十里
都吹不出新乐章

但这丝毫不影响
不影响春天的热烈
不影响万物随风晃荡
不影响花香染上衣裳

一只蜜蜂穿过浩荡的花田
就像我穿过未知的人间

夏沫,本名张小琴,80后,甘肃礼县人,作品曾在《飞天》《金城》《秦都》《天水文学》《陇南文学》等刊物上发表。

武都咏叹调（组诗）

陈文宗

万象洞:心有千千结

一座山，藏着那么多尖锐的事物
它不疼吗？如果，它疼的话
又是怎样做到，疼得不动声色

一个人，因了另一人
心底长出了千万束芒刺
他疼吗？如果，他不疼
又为何，一次次将叹息，丢进失血的黄昏

越过了那么多山，总也跨不过一道岭
走了这么多路，也只为把一缕春风
携入你怀。柔软你那，经年堆结的岩笋

角弓一瞬

列车，拂尘般掠过大地

我行囊里，春风再一次鼓动

千亩油菜花便张起了船帆

暮色逐渐靠拢，故乡一退再退

消失于一片隐约的山林

在角弓，不要急于展示忧伤

去看看落日余晖下，归巢的雀鸟

去踩一踩，车辙攫过的尘泥

你就会明白，那里

藏有多少颗草籽，柔弱而灼灼的春

裕河一咏

从山寨的雨雾里醒来

樱花已经落了一地

树木枝桠上，一些新芽

被春风一寸寸抽取，露出绿意

在这里, 你需要什么, 裕河都会给你

比如, 一条溪流, 它不断冲洗

搬走粗粝围岩, 梦境就变得温润

比如, 一座木桥

从一颗石头怀中出走

在另一颗石头上停留

那些泥泞, 才会展现

脚步与脚步跟随的印记

当然, 也包括一些苔藓

它们爬上一条路, 甚至一棵树

是为这次相遇, 制造相宜的湿度

张坝古村落

屋顶旧瓦还能接住一场微雨

残檐还在给滴漏提供一段绝壁

想要接住雨脚的院坝

依然埋着那些细小沙粒

青石板堆砌成台阶

既可以为双脚托起踏实和可靠

也愿意容纳月光掷下的清霜

阁楼空悬, 窗花上些许往事

被山风打磨得光滑而色泽均匀

刻刀和木头相遇

成就了村里匠人内心的金玉

如果你想，坐下来

坐在正厅的火塘边，喊一声娘

整个张坝，都会给予你回应

山中偶得

也许，你可以

像扔掉一颗石子一样，扔掉规则

也许，你可以

拾起一把锄头，开出一垄地

如果你，还能

从众多杂草中辨认出一株豆苗

那条河便没有徒然为你流淌

陈文宗，陇南文县人，乡村教师，甘肃省作家协会会员。作品发表于《诗刊》《草原》《飞天》《散文诗世界》《绿风》《星火》《散文诗》等刊物。

武都春早（组诗）

林平

木叶鱼

不起眼的木质色，树叶形状
这里，人们叫它白片子

胸中无大海
眷恋着小河溪水
把汩汩潺潺听成是生活的茅山歌

爱情来临时
就尽情地吻一吻零落潭边的水桃花

古山

传说有三只眼睛，长有尾巴
难料生辰

却能从尾巴的消退中
预知寿渊

古朴的先民
开采硕大的板岩
怀着对自己一世生活的敬仰
将活身
寄敛在身前建造的石棺中
或两穴，或三穴

掩藏在棕榈和芭蕉树下
让历史沧桑
沉浸于莽莽深山茂林

路过张家坝

村口那户人家
肯定是个大户人家
除了楼房的层数和间数
你再看一看门口那方大青石

门口那棵爬腰的老杏树

花开的正繁盛

和磨盘、碌碡、石臼、瓦砾一起

沐浴春风、阳光

我真羡慕

一群嗡嗡嗡嗡的蜜蜂儿

在枝头

把平凡的日子过得如此甜蜜

八福沟

在这世外古峪

青草也能着装铁锈的外衣

春睡的麦子石

正寻梦着六月满河的浪花

全身化作一粒粒麦子

也从不曾奢求流向大海的归途

万象洞

静听一滴水

日日夜夜

硬是把木鱼敲了两亿多年

把人间所有不能说出口的心里话

都积攒在钟乳石里

叠成一沓沓经文

千年，万年

上亿年

字字句句都铺在自己脚下

在这入洞的万千俗客中

你，我

又有谁

能寻得到那心心念念敲木鱼的僧人

钵罗峪

架起镜头

世界都在钵罗之中

世界小了

男人就定能被女人娶走

生活在钵罗峪

烤着塘火，唱唱阿妹的茅山歌

日子也就有了火色

广严院

柏树成林的寺院

唯留一棵供人们膜拜千年

两棵古槐

成了千百年来最为虔诚的信徒

悠悠钟声

是足足飘满三条河的信仰

油菜花

在角弓

一只蜜蜂

被卷入了一浪又一浪的花香

它学着藏语

念着佛

在这片镀了金的人间花海

撞了一钟又一钟

朝阳洞

把一条洞穿梭在山的心脏里

像一条血管

呼啸着俗世虔客的心声

把洞阁镶嵌在半崖上

让睡佛的梦

悬在半空

让世人的梦

如同岩壁上经年销蚀的沙砾

在风雨中慢慢脱落

那一夜，我在裕河

昏黄的灯光下

围着塘火

我爱拨弄烫烫灰里埋着的洋芋

听这板檐之下

一柄壶

不停地嘟囔着男嫁女娶的爱情

一条长凳的两个尽头

是你和我

害怕彼此远离而翘头的悬崖

我害怕三更的鸡鸣来得那么早

怕茶芽错过了露珠

怕我

错过了你的今夜

林平，武都人，康县城关中学教师，甘肃省作家协会会员。作品及诗评发表于《诗歌月刊》《九月诗刊》《西部诗报》等刊物，其中《伸出一片芭蕉叶》和《回顾》2007年被《当代诗歌精选》收录。

在武都喊你一声杏花（组诗）

樊斌

万象洞

滴答，滴答，滴答……

美妙的乐章一定穿过盛唐

构成乐谱上浪漫的节拍

此时箜篌在水面奏响

古琴里高山险峻流水低吟

这乐章也途径了凋零的夜晚

编织着暗淡无光的日子

穿过你，也穿过我，叩响月下的酒杯

人们攥紧青春的花火和易逝的落寞

水抱住一块石，掏空一座山

水做的骨子里有坚硬的脾气

水日复一日凿好了一段碑文

滴答，滴答，滴答……

水以此来回答时光流逝

张坝，喊一声杏花

一声"杏花——"

60分贝的余音穿过团鱼河谷

墙外的杏树以为在喊她

缓缓睁开睡眼惺忪的花朵

把一缕春风寄往遥远的天涯

林涧的红嘴雀以为在喊她

吹响柳作的春笛应声回答

村口的姑娘以为在喊她

扎起了麻花辫脸上开着桃花

她藏在木箱底的红袄子上:

枯枝生出了嫩芽，风一吹

就惊落了满身的花瓣

咦? 想多了吧——

只是一株花说起了另一株花

一座屋檐泊不下一只鸟

一个姑娘等不住漂泊的心

可她们都如愿以偿留住了春光

这份美好公平地赐予草木、山河、人间

在春天他们都愿意大喊

一声:"杏花——"

裕河自述

裕河是水做的

它们来自天空、山林和草尖

雨水豢养心底远行的双峰驼

溪流叮咚着青春的回响——

有质感、如丝绸，轻盈灵动

露珠戴在眼角，稀释世间的苦痛

裕河是木做的

我用斧凿的江南，驾一叶扁舟

在缓缓流淌的春光里前行：

青砖伴瓦漆，白马踏新泥

藏于森林深处的箭簇

它只能射落一个飞奔的夜晚

我们高歌、痛饮，也不怕时光流逝

油菜枕着欢笑的金子

裸露的树木裹上一缕浓雾

我们都把身上的污垢

通过一条流水还给大地，在裕河

金丝猴

看到猴子, 我就想到: 山中无老虎, 猴子做大王

看到猴子, 我就想到: 水中捞月亮, 一场空

看到猴子, 我就想到: 猴子照镜子, 得意忘形

看到猴子, 我就想到: 弼马温大闹天宫, 慌了神

从寓言故事到神话传说, 从一种虚无到另一种虚无

我唯独没有想到: 生物学、进化论等等

这些有待考证的理论不能把我与一只猴关联起来

它们在山里为王, 我要走出大山, 找寻诗和远方

它们猎食、争宠、厮杀、冒险, 我要岁月静好

我挑逗、吓唬、嘲笑一群猴子,

猴子也笑我: 你看他多像一只猴

此刻, 我开头想到的与猴有关的词语

都在我身上演绎了一遍

郭家大院

一匹马拉走了大院……

院内只剩几块历史的石头

被老郭家多变的命运磨得锃亮

那时大院就住在梨树里

227

逢喜事便挤出几个花骨朵

满树的梨花就像璀璨的星河

难过时乘一夜春风落满地

沉默时用纤细的纹理捆绑自己

如果没这群人来：口音混杂、各揣心思

它一定沉睡在历史唯物主义里

一定被夸张的文字写得面目全非

还有人揭去木窗格上的油纸

在旧石板上刻出故事新的曲折

显然，他们也改写不了大院的命运

今夜的院里曾醉过前朝的酒

今夜的席子也织圆旧时的月

2023年

突然悟到一个真理：不费吹灰之力，就能让时光大把流逝

千坝牧场的青草托举落日

雪山挺直脊梁披上金纱

牛羊往返于木屋和远处的水草间

平常的事物都被自然的力量左右着

它们有不能承受之重：小草、雪山和牛羊

明白了这个道理（关于时光流逝的道理）

我却多次想拽住时间的衣角

多么荒唐！不自量力！

我竟试图阻止草原重新泛绿

樊斌，甘肃省作家协会会员、陇南市政协委员、武都区作家协会秘书长。作品散见于《飞天》《青岛文学》《北方作家》等刊物。

在春天里走一走（组诗）

赵马斌

在万象洞

我看见一些水，
慢慢渗入石灰岩中。一些固化的钙质
一粒
又一粒，塑造着石头的肉身

无数个黎明与黄昏，
不过匆匆一瞬

我屏息凝神，听见一个声音说
神在大地上所行之事
人，不懂

山坡上的迎春花

高的，矮的

并排坐在泥土里

淡黄色的发辫

散乱地遮住了瘦削的身体

站在山坡上，我不知道

是否有人注意到这些小小的孩子

是否有人记得

人间还未千娇百媚时

她们，已漫山遍野奔跑着

喊出了春天的名字

在春天里走一走

如果我坐在溪边

一块干净的石头上

深陷于眼前事物带来的欢愉

而你恰好走过来

请不要拍我的肩，也不要叫我

那时，我的思绪

正被岸边的香气指引

沿着流水的琴声与蜿蜒的小路

走向山谷深处

那里，阳光干净如同初生

鲜花一直盛开到谷底

我就住在山谷里，住在花丛里

所以，请原谅我的贪婪

我怕一回尘世，那些境地倏忽消逝

我就再不属于那样的我

找不到我想要的我

关于梨树

大巴车停在五马镇辖内的一处山梁时

我看见一座房子

檐下虬枝屈节，一树梨花

像雪，层层堆积

这景象让我想起我们院中

你栽下的梨树，一到春天

就惹得小蜜蜂提着花篮从远处赶过来

把满树的甜搬运到它们巢里

那时，我小

你随手就可以将我高高举起

记忆越清晰，越令人不安

这么多年过去，房子没了，梨树没了

在人间，我找不到关于你的讯息——

我真是一个失败者

我彻底失去了你

赠张坝

桃树开桃花，杏树开杏花。

卯榫结构的房子，在泥土中生根发芽。

村头，过鸟鸟桥

拾级而上，院落里的石板

生出春意。一妇人，在堂屋生火煮茶

屋外，草木新绿，牛在棚下。

张坝送我山居图，古朴淡雅。

我一无所有，该报张坝以什么？

来，立字为据，上书：

今有赵某人，男，80后，

欲赠张坝小诗一首，因才疏学浅，暂且欠下。

八福沟之春

八福沟的上午
是一天中最美好的光景

山峦明秀。水面如镜，勾勒出山脚下
野樱桃树好看的倒影
那一树粉白，如同铺开的
繁乱的云
压向野樱桃树湿漉漉的胳臂

春天太重——
野樱桃树没能扶住自己的美
一个不小心，半边腰身
就跌向了水

离别诗

八福沟水从幽深处来
又流向幽深
八福沟水抚过的石头
心里生出一汪汪

清脆的琴声

我沿山涧拜访八福沟
又原路折返回来
水与石头，陪我走了一程

午间，我与八福沟互道珍重
春色送我——

一些石头，缓缓吐出青苔
一些花朵，慢慢飘向水中

在白沙沟观金丝猴

石崖之下，沟深处
树木长出新叶子
群猴穿着金丝外衣

人，拿起手机，或举起相机
猴，或攀爬，或跳跃，或卖萌，或嬉戏
一时间，人与猴几乎没有了距离

——林间空旷。山色迷离

野荣荑尽情释放自己的香

但猴子们并不在意

我们从山上下来时

它们们回到了树林里

赵马斌，80后，小学教师，甘肃省作家协会会员。作品散见于《诗刊》《飞天》《草堂》等刊物。

在万象洞说起时光（组诗）

李如国

张坝古村落

四合大院空了，石板土屋空了

粮食柜子空了，火塘吊锅空了

牛马圈棚空了，鸡鸭狗窝空了

碾麦场空了，柴草房空了

石磨坊空了，燕子巢空了

空空的村庄

正被游子的乡愁填满

小桥流水还在，菩提老树还在

篱笆矮墙还在，黄泥土炕还在

马槽石桩还在，犁铧锹镢还在

手推幺磨还在，石桌石凳还在

这时候

游子心里的故乡也在

裕河白沙沟看猴

白沙沟的猴子，猴精猴精的
它们不再自行觅食、采野果
它们也不愁没饭吃
给它们实行统一的食物供给
给他们吃大锅饭
在两声哨子或几声吆喝中
猴子们就在树梢间、崖壁上
跳跃飞腾，连滚带爬地下山来
在固定的饲养点用餐。猴子们
有的拖家带口、扶老携幼
有的情侣结伴，蹦蹦跳跳
有眼尖的猴子讨好游客
想得到游客手中的零食
有的被游客拿空香蕉皮戏弄
有的听游客使唤跳上树杈
扮鬼相，摆动作。有几只猴子
为争抢食物大打出手
有的猴子强悍，叼吃多占
有的猴子羸弱瘦小
被霸道的猴子撵跑

看来，在猴界混也不容易

给猴子唱山歌的女人

去年山桃花盛开的时节
到裕河白沙沟看猴
见到一位
给猴子唱山歌的女人

那天，远远地就听见密林深处
传来她嘹亮的山歌声
见到她时，她正在大木板上
一边剁着猴食胡萝卜
一边唱着裕河方言的山歌

她面容清秀，有三四十岁
她说她的家，在山下不远的村庄
她在山上饲养猴子已两年多了
她在树杈间搭起的工棚里
一个人，也孤守了两年多了

她喜欢猴子，也喜欢唱山歌

山林静寂,常常是她一个人

这时候,她就唱山歌

她把山歌唱给猴子听

也唱给自己听

她见我们对山歌感兴趣

就给我们唱了几首山歌

她还问我们能听懂不? 其实

她的山歌不光我们能听懂

这里的山风、树木、花草、黄鹂

特别是猴子,一定都听得懂

又是一年山桃花盛开

却没有见到

给猴子唱山歌的女人

看着她饲养过的那群猴子

我不禁想起去年那天

飘荡在山林中嘹亮的山歌

福津广严院

这个清静之地,今天走进一群

热情似火, 内心不平静的人

不是厌世脱俗, 而是要在
古老的文化传承中, 寻找
武都三河这片土地朴素的诗意

福津广严院, 又叫柏林寺
"寺", 是"诗"的远亲
把"寺"说出来, 就是"诗"

山门外, 建设工地一片沸腾
院内大殿檐角的风铃叮叮当当
众人对着一块
南宋"敕赐修建"的碑文
对着千年古柏
对着一丛盛开的迎春花
"寺"话连篇, 也"诗"话连篇

五马童话小镇

大山深处的武都五马小镇, 生长
中药材、食用菌、茶叶、核桃

也生长童话

童话，是小镇的别名

绚丽的欧式阁楼，迷人的卡通壁画

到处虹霓般的七彩装饰，以及

小镇丰饶、富足、祥和的生活

这一切，组成了五马人的童话王国

走进五马，就走进了安徒生

笔下的森林、河谷和小木屋

走在烟雨缥缈的五马街上

随意碰见的人，感觉

都像是骄傲的白雪公主

或是浪漫的白马王子

仰望家园

到朝阳洞去，首先要经过

洞前一片茂密的白杨树林

在白杨林高高的树梢间

垒着一大片密密麻麻的鹤窝

在这周围光秃秃的山梁上

这片树林是唯一的

我看见，这片孤独的树林

是为朝阳洞而生长

这些白杨树

是为一群鹤而茂盛

走在林荫小道上

只有停住脚步，抬头仰望

才能看见鹤的家园

只有凝神静听，才能听见

鹤鸣声里白龙江畔春的气息

在万象洞说起时光

1

时光到哪儿去了？时光

却原来在武都汉王的地方挖洞

也不知挖了多少个地质年代

才挖出这样一个魔幻般的洞穴

2

在万象洞，最不缺的是时光

大把大把的时光

日夜不停地挖掘和重塑着

天长地久和海枯石烂的事物

包括石人、石马，石柱、石笋

3

时光柔情似水，时光滴水穿石

洞内钟乳石林中的

群仙聚会、天女散花、犀牛望月

以及世间百态，都在时光的滴漏中

惊鸿一瞥，昙花一现

4

这是大海留下的残骸

这是海水退去的世界

时光，正以礁石和珊瑚礁的形状

凝固在溶洞的岩壁上

这是凝固的时光，是时光的截面

这是变幻的时光，是时光的展室

5

西秦岭的身躯有多巍峨

万象洞的心胸就有多大

白龙江的水有多绵长

万象洞的时光就多悠久

6

在万象洞说起时光，是奢侈的

所有往事，得从盘古开天辟地说起

得从氐羌先民、古武都国说起

得从白龙江源头、陇蜀古道说起

得从嘹亮的高山戏、神秘的傩舞说起

得从油橄榄、大红袍花椒说起

只是说着，说着

就忘了年岁，忘了时光

李如国，笔名麻柳树，甘肃康县人，甘肃省作家协会会员，甘肃省文艺评论家协会会员，陇南市文艺评论家协会副主席。现供职于陇南市文联。作品在《飞天》《诗刊》等刊物发表。

武都长短句(组诗)

陇上犁

在武都看见雪山

白龙江以西,是青藏高原岷山的余脉

具体讲,叫雷古山

——它高耸入云,白雪皑皑

阳春的白龙江两岸

油菜花开,桃花争艳

多少年了,我才明白——

作为州府之地的武都,毗邻陕甘川

单是汉武帝所封之地名

已然雄霸川蜀、秦陇

如今,高速、高铁四通八达

成为衔接兰州成都的捷径

更是甘南的南大门

遇见雪山,让我很是奇怪

遇见美景,应该大饱眼福

遇见美人，可能春心荡漾

遇见美食，人生大快朵颐

三月雪山的白

与梨花般的某人一样

刺人眼目

风吹裕河

风依然在微微地吹

茶花也在开

阳光透过树叶

露珠上多了一个太阳

像三年前一样，我的行走

不带走什么

我只留下对这片茶园的记忆

还有氤氲的梦

裕河白沙沟看金丝猴记

坐飞机来的，坐高铁来的

再坐大巴上高速, 翻钵罗峪梁, 才到裕河

然后, 顺柏油路、水泥路到白沙沟

再步行一个小时, 沿羊肠小道

爬到半山腰

喂猴的老汉, 一声哨响

一帮金丝猴, 大约五十只

从山上冲下来, 爬到树上, 跳到岩石上

搔首弄姿, 抓起扔给它们的香蕉

不管不顾撒在地上的苞谷

偶尔的一只, 定睛盯着我们的手中

看了又看。一会儿

长幼有序尊卑不同, 向山崖上

一哄而散, 光秃秃的树背后

不见了金黄色的皮毛

钟乳石

钟是时间, 亿万年太久

水滴石穿的时间, 我们

肯定看不到。巨大的溶洞

仿佛吞食万象的大口

当我们融入其中，在光与影之间
惊叹不已
那些能听见的滴水声
正隐隐渗入我们渺小的生命

白沙沟

远离闹市的深山老林
尚有公路相通
尚有远道而来的人
抱着兴奋好奇的心情
来看金丝猴
而远在高山那边更多的猴子
它们从来不追赶着
看穿着花花绿绿衣服的人

金丝猴叽叽喳喳地叫着
在与自己十分相像的人手里
抢食着水果
偶尔它们也疑惑人的惊叹

与它们的叫声如此相似

——它们看到离开树梢的人

举着明晃晃的手机

山茱萸

峪河的山茱萸

举着一树黄花，仿佛大闺女

亭亭玉立。微雨徐来

更加含羞欲滴

崖畔密密麻麻排列的木制蜂巢

像一片片新建的民居

他们是否空巢

我们不得而知

八福沟的云雾茶

时令清明，地点裕河

沿着曲里拐弯的山道

在细雨蒙蒙中步入八福沟

一些茶树映入眼帘

雾在山巅滚落山腰, 也从

山脚升腾上树梢

一片茶园, 嫩嫩的芽尖

在春天的浓雾中出浴

角弓的油菜花

春天是从花上走来的

武都的春天是从油菜花上来

当然, 有些地方的春天是从雪花上来的

比如西和, 清明之后

还有雨雪霏霏在苍黄色的山头

在角弓, 几千亩油菜花竞相开放

白龙江两岸的蜜蜂

嗡嗡嘤嘤, 忙忙碌碌

好似蜜蜂在忙着过大年

朝阳洞

大风吹, 细雨飘

朝阳洞前的大白杨树

随风轻轻摇摆。树上的鸟窝
孵着一只只小苍鹭, 却不摇摆

洞内的佛, 千年的香火不断
拜佛的人一茬接着一茬
白龙江的水, 滋润着油菜花
也是千年

肉身佛

舍却了人世的肉身
你成了佛

抱紧你的肉身
佛成了你

一尊无肉无身的佛
却在心上

广严院

三河的广严院, 是佛门圣地

从宋朝开始，它就香火旺盛

巨大的几棵柏树

双臂也抱不拢

民间也叫柏林寺

我与诗人过河卒议论了半天

也没有弄清，寺

为何叫广严院

张坝古村

张坝，依山傍水

沿青石板拾级而上

一座座泥巴垒砌的瓦房

兀自孤立

初春的桃花掩映中

一声牛哞，一缕炊烟

因为乡愁，我们回到了

恍恍惚惚的农耕时代

坪 娅

坪垭小镇，莲花般的建筑

聚居着藏族同胞

两层的小楼房，风情万种

但他们仍然上山种庄稼，放牧牛羊

年轻人要外出打工挣钱

留在镇上的妇女儿童，稀稀拉拉

像所有的农村一样

缺少活蹦乱跳的儿童和大人

即使白龙江两岸的油菜花

金黄一片，天空依然空空荡荡

郭家大院

一进两院的郭家大院

新修的仿古老房子

透着淡淡的松香

一些人来了，走了

就像一些风吹过

不留什么痕迹

一些故事留着
俭朴勤劳的小蜜蜂
总在花朵上忙忙碌碌

陇上犁，本名魏智慧，甘肃西和人，甘肃省作家协会会员，中国诗歌学会会员。诗歌及评论在《飞天》《绿洲》《诗歌报月刊》《星星》《诗刊》《诗潮》等刊物发表，著有诗集《每每有雪降临》《尘世的幸福》。

裕河之恋（组诗）

刘楷强

裕河之恋

今夜你会来吗？在我的轻舟上入睡

梦境里的河谷两岸遍地清辉

此刻星空低垂，在附和我无垠的爱

水边的村庄已经沉入梦乡

我的内心空旷，装得下整个裕河的静谧

待我取下一片月光，在河水中浣洗

供夜色中低语的樱花咀嚼

裕河最美丽的花朵，装满了你的眼睛

我久别的爱人，在河水的倒影里孤绝

遍山的野花就是我放下的一切

它们漫无目的的开着，缄默而苍白

像成年后在裕河给你写下的诗行

今夜你会来吗? 迎合我望穿春日的目光

即使我要承受河谷带给我巨大的空旷

日暮里沸腾的云海为证, 我的热泪汹涌

随弯曲的五马河流入大地的腹心

水木八福沟

我爱你, 八福沟层次分明的人间

在一切的自然更始之中

一朵水桃花吻开裕河的春天

让万物温顺地融入群山

水就是八福沟的血脉

当清澈的山溪扯成白练

跌落进碧绿如玉的深潭

水花, 唤醒寂静之地的春天

如果时光慢下来, 我们也能听到

哈达银瀑挣脱崖壁后的声音

那夹杂着春光中生命破土而出的协奏

仿佛数万匹战马的嘶鸣

在八福沟的水木之间微微颤动

细密的曲调变幻莫测，似乎

在与人们诉说自然循环的奥秘

而现在，我必须要敞开胸腔

倾注所有呼吸，来容纳这山中天下

让春日的裕河具备美学的事实

梦绕白沙沟

这世上最奢侈的无非就是

白沙沟海拔六百多米的阳光了

清晨，斑羚的鸣叫穿过山谷

水和白色的石头都无比寂静

我枯坐在青翠的山脊上

任凭阳光洗涤我虚幻的神识

它与散落的猴群一样惊慌

我从未见过比这更欢愉的景象

群山环绕中，茶园裹挟着村庄入画

将密藏的谷地渲染成人间仙境

这里就是裕河的心脏

它的每一次跳动，都能掀起

人们心中巨大的波涛

那些集古老特色的土木建筑

簇拥着鹰咀山，像长于苍穹的圣殿

它们在风雨中飘摇、生长

任凭松枝摇曳着众生的悲悯

坪垭记

翻越坪垭之前，我从未想过

要将一座高悬的乡村视为神明

今夜过后，我将在心中筑起佛塔

与奔流的白龙江产生共鸣

我眼睛的浪花里，坪垭擎起佛的肉身

在无限孤独中承受风雪的消磨

我想它们早已脆弱不堪了

甚至经不住贯穿大地的鹰啸之声

但至少今夜我们会合二为一

用至柔之爱去触摸山巅的牛羊与星辰

它们将要隐匿于天际，在那里入眠

今夜，我的孤独顺山梁而下

填满脚下空旷而幽邃的河谷

我知道，某个寂静的瞬间

远方的朝圣者与风雪一同来临

蓝色经幡将指引他们，踏上山路

刘楷强，笔名扎哲顿珠，生于甘肃成县，甘肃省作家协会会员，诗歌发表于《诗刊》《青年文学》《星星》《飞天》《诗选刊》《诗歌月刊》《诗潮》《青年作家》《星火》《文学港》等40余家刊物并获奖。

武都是一座春天的宫殿
（组诗）

何书毅

武都

山峰拥挤，天然的栅栏

圈养一颗不断搏动的硕大心脏

白龙江携带激荡穿过

向南方，白鹭浪迹在柔肠之上

一颗心，一支响箭

烂漫的爱情，萋萋草地弥漫的花朵

或清风。春天的宫殿一再翻新

正顺着武都的眼睛

万象洞

半山腰，洞口向着光

用亿万年, 给游览者

千载逆光的念想

躬身蛇行, 尽管忽略幽深

穹窿悬针, 岩底冒笋

黑暗中潜滋暗长, 钟乳之石

阴阳交替着激荡

它们用融乳之色创造

狮象猴鸡田畴森林和天下粮仓

你要看到的, 这里尽有

包括灾难和颠覆

万象聚集一堂, 相安怡然

自顾肃静修行

幸亏没有亢奋的呐喊

否则潜伏的飞禽猛兽连同草木都会活过来

飞出洞口

独留空洞和苍茫

朝阳洞

峻嶒的山捂着心脏
时间却在开凿
蜿蜒的通道

它阴暗，通往下一个洞口
灿烂的光明便聚集起来
伸直腰身

慈眉善目的神仙还坐在洞里
等有缘人
下跪，诉说隐秘

睡佛

削发为僧的端竹
坐化于洞
他把修为装入肉体
微闭双眼侧身而眠
一觉睡下去
自明代至今都不愿睁开双眼

看一看

拜访他的游客, 和

角弓灿烂的春天

张坝古村

七拧八拐, 河流的样子

时间也是

我们是其中被忽略的一个

穿着前朝的华服, 站在山窝

面对蜿蜒, 鸟鸟桥窄小

铁路没入隧道

留在张坝的小院子

足以盛下浩荡的光阴。风微微

盛开心事重重的花朵

诗人的手机对准石上苍老的青苔

好似辨析砌石墙的手

是男是女, 出自哪个朝代

桃树下，女孩在镜头里

桃花一样，幸福地张望墨髯阁楼

想要做一回张家姑娘

八福沟

1

说雨似雾，皴缬于腰身

阴翳遮蔽清秀

坡上的茶树还在向高深处探究

走过小桥的人，折叠了雨伞

雾水的脸上

洇散一层幸运

石头交错在各自的位置，安详地

被"福"命名

殷红覆盖深凿的刀伤，不言疼痛

"福"敲响内心的铜钟

那像雨又像雾的，在轻轻掠过

毫不在意抵达

2

岩石里，住着佛陀

溪水里，或有歌咏的女郎

路过时，我听到清脆掉进了神秘

半截半截的原木横挂在岩壁上

蜂箱的缝隙，翕动翅膀

安适的芳香，似雾

我不知道的是，这清澈

圈养深沟的幸福

是不是白龙江的小妹妹

3

福口茶庄，火塘的火舔着吊壶

背石头的汉子

此刻，背着虚空

蹲踞在火塘旁，火光

舔着他的脸颊

他的胸腔起伏不已

像吊壶

被命运熏烤，冒出丝丝热气

4

水流出沟

我们顺着流水

石头踮起脚尖

花草拼命长

守在山顶的雾突然隐去

亮开一条路径

修长的影子在八福沟晃动着

好像仙女，衣袂飘飘

5

一滴水，叶子上滑落

一股水，石头上掠出流线

一群诗人，沟谷里识别前世今生

放生的沟谷

水木都是亲人

石头穿越时光，还在原地停留

小雨在三月的头顶

撤离。攥于手心的，不是诵经的声音

阳光的小手

正摸向低矮的生灵

何书毅，甘肃礼县人，甘肃省作家协会会员。作品散见于《飞天》《开拓文学》《天水文学》《中国乞巧》《陇南日报》等报刊。

春风不言俗事（组诗）

冰翎

留守村庄的亲人

张坝蛰居的春天

从一树桃花开始

一阵掠过琵琶的风

自山谷归隐

远山裹挟近雾

蜜蜂在桃蕊上栖息

炊烟缓缓升起

比雾还轻的流水

最先抵达了这里

奶奶的围裙上绣着四季

我守在灶台边

嘴角流出桃蜜的甜

盛开在村口的桃花

有一朵
是我留守村庄的亲人

村史馆

一件器物被时光淘洗
一代人逐渐掩埋

奶奶说：以前吃树叶
一个鼎锅养活一大家子人

我觉得应该把故事写下来
摆在明亮处

奶奶说：你把器物拿走吧
它细熬慢煮
就是我的一辈子

郭家大院

依山而建的郭家大院
是隐居在山间的修士

五马河的风吹过四季

千年或更久

鹅卵石原是一块龙晶

只等你来了

一脚一脚踩在石阶上

前尘得以显现

今世才愿蜗居在四方的庭院

庭院深深

门环滋生出锈意

鼎锅的铁链指着屋顶

从灯火通明到布满烟尘

房屋被多次修缮

长满青苔的院落

模样得以复原

隐于橼柱上的旧事

得以复活

人世间的一切

不必事事洞悉

偶进一院落

识得初心就好

白沙沟

早就听说裕河的金丝猴有灵性
它们听得懂白沙沟的方言

如果说十万大山是一张宣纸
白沙沟则是一方天然砚台
早有山石执笔
春风吹透山林，草木召唤
猴子上蹿下跳
描绘出一幅天然绢画

河谷在最低处
洗刷着行人的倦意

为什么沙子是白色的
这无从知晓
我只知道
一路走来
内心纯净

夜宿裕河小镇

坐落在半山腰的小镇

被五马河举过头顶

山巅的雪吐纳薄雾

春天已浸染半壁

街口的学校

用一生为小镇执勤

孕育一方灵秀

山的那边是海

孩子在河边玩耍

蝌蚪与季节重逢

打捞着春天的月光

楼下的农妇正在翻炒

清晨采摘的明前新茶

山茱萸伸出触角

治愈一整天的疲惫

夜宿在裕河小镇

与傍晚一同而来
倚靠着窗台
对面是一轮明月

面对面的故乡

无数次远行
在梦里　一次次归来

门前的小河
不厌其烦地
洗净我带回的尘土
过滤诸多不尽如人意后
仍保留纯粹的洁净

和我一起长大的小伙伴
后来被火车带去远方
面对面重逢的时候
被雨打湿的村庄
沉默起来

那条路
影子一样长的路啊

梦里一遍遍走着

弯弯曲曲的

使我安心

唯紫泥始终保持本色

史书记载

皇帝封诏的贡泥产自福津

历史厚重

那些承载千年的邸阁知道

静坐在大殿的佛陀

慈眉善目

王朝更迭　一代又一代

来来往往的信徒

以同样的姿势朝拜

四季转换　一世又一世

时间千变万化

唯紫泥始终保持本色

冰翎，原名韩燕花，甘肃武都人，陇南市作家协会会员，陇南市诗歌学会会员。作品散见于《飞天》《陇南日报》《天津诗人》《陇南文艺》等报刊。

武都春早（组诗）

张韵

夜宿裕河

早起的鸟鸣唤醒沉睡的小镇
我起身走向窗前

山间的斑斓是春天倾洒在大地上的笔墨
雾霭低垂
给远山披上轻纱

露珠挂满了含苞的花朵。临窗
一棵山茱萸胸前垂下的
蛛网，是暗藏深意的图鉴
此处的美
只说给你听

福津广严院

站立了千年的柏树
替佛清点，来过福津的人

我沉默着来
又沉默着离去
广严院与古柏
承载高处的寒暑

岁月在它们身上刻满了印记
谙熟生存之道的青苔，教会我
身处低微，一点潮湿的馈赠
亦要迎着光，丰盈

张坝行

车门打开，面前呈现的是另一个世界
青瓦老房子、石铺小径、斑驳的墙壁、满树花开
一条寂静流淌的小河环抱着村庄

我携带自己的影子

在老屋的年轮里穿梭

石磨盘、土炕、火塘里的吊钩、瓦楞间的青苔

熟悉它们的人有的变老,有的

不再归来

村口那棵簌簌落花的杏树

守着远逝的记忆

春天,她把往事翻出来

戴满枝头

我伸手接住几瓣落下的杏花

像是握着张坝六百年的过往

路遇山茱萸

石崖上、沟壑间、小路边

山茱萸用一把小黄伞撑起山里的春天

微雨里。此刻

我是一朵坐巴士而来的山茱萸花

你未来之前

我沉浸于自身的幽香

你来看我,心事如花

我把它, 绽开给你

花开败了

欣然归入泥土

我即拥有关于你的记忆

也拥有脚下的河山

八福沟的生灵

行于山野, 惊扰了林间鸟雀

叽叽喳喳, 腾飞而起

崖壁上, 山林间, 草丛里

更多不知名的鸟闻声振翅

向更深的林子飞去

偌大的山林只是它们舞台的背景

路的尽头

我依着一棵叫不上名字的树

站立。鸟雀们飞回来

落于我面前一棵雨珠悬而未落的树枝上

我用草木的眼神注视着它们

它们也注视着我

山行

春日笼罩着头戴薄雾的远山
林愈深，不熟识的草木就越发增多

不忍拒绝行途的春色
我强忍着晕眩，用眼眶拍摄
车窗外的美

而山林中不断出现的草木
抽打着我的无知
途遇的春光，如万千辞藻在胸中激荡

你，是我重点描绘的一笔
写毕，把它交付山间的清风
浅吟低唱，飞向碧霄

武都万象洞

秘境中看透尘世的钟乳石
内心藏匿着各自的秘密

它们不轻易对谁言说

它用水的语言，把历经亿万年的孤独

写进诗里

你若读懂一块钟乳石

就会惊叹它，体内蕴藏的奇迹

天宫、龙宫、西游、白蛇传

我用相机记下心中的美好

越向洞内走光线越暗，需躬身前行

此路，像极了我的日常

路的拐弯处

洞壁上的一束光照进来

心里的一束光就此悄然打开

杏花树下

一只啄花的鸟，在树冠间飞穿

飞穿间抖落的杏花

和它散发的香气，淋满

树下歇息的友人

花树下，一条来历不明的小溪
向我们投来羡慕的目光
旁观的春风伸出手
接住几枚花瓣
捧到它怀里

张韵，甘肃康县人。作品收录于《诗潮》《陇南日报》《陇南文艺》《陇南文学》等报刊。

早春武都行(组诗)

王晓菊

万象洞粮仓

阳光那么少

空气那么少

水那么少

亿万年的沉睡

我和五谷一起长成了石头

漫长的黑夜里

与这蓝色的星球同向旋转

转成她小小的影子

又是亿万年

忽一日, 洞开, 光来

流水和微风唤醒我

十万年过去

身上的石头生出青苔

十万年过去
青苔身边又长出禾苗

今天，记起了自己的名字
——粮仓

梦回张坝古村

那年杏花初开
柳枝临水描眉，春风轻施粉黛
你杵土墙，垒石阶
我传青瓦，递木椽
我们携手筑巢
于清明雨前

窗外青山叠翠，溪水东流
红杏托着蓝天
我素衣罗裙，青丝垂肩
斜倚门，翘首盼

青石小路，你砍柴归来

汗湿薄衫

一家人围坐于火塘前

木材燃起火焰，鼎中煮满清欢

雨雾八福沟

山是金玉楼

水是翡翠带

上天把对武都的宠爱

全都赐给了八福沟

不信，你喊一声姑娘

那叫水桃、山杏、李子的花朵

漫山遍野回响

这些树终年接受阳光雨雾的滋养

新绿一片片生长

老去的蝴蝶还聚在枝头

迟迟不肯离开

此刻的八福沟

把厚厚的云层擦去

把雨收回

再把山上的雾抽薄

它的美会更加真实

童话小镇

彩色小镇依水而建

小镇上的乾坤

在水里上演

雾起时

墙上的哪吒又骑小龙浮出水面

天色放晴，白云游荡于水中

王子和公主走出城堡

在花园畅玩

光头强和小熊熊也跑出狗熊岭

追逐在旁边的油菜花田

不要问真实或者虚幻

小镇最精彩的瞬间

等着有心人去发现

夜宿裕河客栈

客栈在裕河镇上

裕河镇躺在小山坡上

小山坡被花草树木圈在中央

今夜，镇上灯火璀璨

错落有致的房屋

像涤荡起伏的心事

高高扬起又不得不缓缓落下

裕河的宁静

原谅了大巴车翻山越岭的劳累

原谅寒冷

原谅贪杯的人

毕竟

春风催生的一些事物

酒也能催生

白沙沟观金丝猴

从白沙沟上蹿下跳的群猴中
剪下三幅画

壁立千仞，众猴飞奔而下进食
怀抱婴儿的那一只远远地坐石壁上
护着孩子
三肢着地的那一只被欺负
猴王怒吼着冲过去
贴身保护

一只猴子手握香蕉
望着喂它的那位
满眼感激

忽略掉崖上光秃秃的树干
进化的过程中
愿你们不要丢掉
团结、互助和爱

广严院寻紫泥

一坨泥巴

黏性再好

也挡不住侵略者的铁蹄

封不住一个王朝的秘密

福津广严院

北宋的建筑南宋的石刻

都被时间看不见的口

一点点吞噬

飞檐凌风，钟杵寂寞

只有阶前古柏伴着迎春花

常新常绿

王晓菊，甘肃文县人，文县作家协会会员。

武都早春(组诗)

王娜

万象洞钟乳石形成记

水滴石可穿
水滴乳石可成形
成万千型
成万千佛

两亿年,只是钟乳石的生命周期
跟人类的三万天一样短暂
山洪、地震
改变了最初的模样

那些年岁不好的时候
那些丰收的时候
都在钟乳石身体上留下痕迹
两亿年,足够多少王朝更迭
钟乳石却不忘初心

一个劲地向上生长

成摩天柱

成天宫

成龙宫

成银河系

武都早春之林中记

桃花一树一树地开

春天已有了大致模样

落在地上的残花

见证着春的发生

嫩绿的枝条

展示着新生的力量

曲径通幽

神秘而令人神往

山林深处

一定有隐士

他不问世事

他无怨无悔

在五马镇

我愿与你在此隐居
耕种, 酿酒, 生儿育女

农闲时节
看桃花、杏花、迎春花、油菜花
如何将春的帷幕拉在眼前

傍晚时分
在童话小镇散步
好在夜幕降临前抵达童年

如果有高人要拜访
也可一去几个月
回来, 不必告诉我路途所遇

山高水长
是我们的誓言
你一定要记得

在白沙沟遇到金丝猴

人类的祖先真的是猴子吗？

它身手敏捷，它等级森严

它用搏斗选出了猴王

它的猴王也有保镖

它对食物虎视眈眈

它吃香蕉也会剥了皮

它的母猴寸步不离幼崽

它受欺负了也会有人主持公道

山茱萸

一株站在那里

就是一道风景

两三株簇拥在一起

就是整个春天

你披着鹅黄外衣

甩出衣袖

整个张坝古镇就镀上了一层金

也让山坡上那些

红的、绿的、紫的

黯然失色

你总是在身后留下一些空间

让流连忘返者沾染你的春色

福津广严院

素衣、素服、素面

来朝拜菩萨

紫山、紫水、紫泥

菩萨住进了广严院

"金锡振开地狱门，明珠照彻天堂路"

地藏菩萨还在

超度众生

观音殿菩萨仍是慈眉善目

虽然她也有忙不过来的时候

大雄宝典

十八罗汉，成千姿

各自忙碌

殿门外

千年国槐

新发枝叶

福泽万物

（史料记载："汉代封泥高下有别，武都紫泥为皇帝专用。"）

王娜，笔名微芒，甘肃西和人。作品发表于《延河》《开拓文学》《黄河三峡文艺》《陇南文学》《天水日报》等报刊。

武都短章集（组诗）

焦杨

睡佛不语

白龙江流过
黎明的江面雾气升腾
朝阳洞的青杨树
把苍鹭的巢穴摇晃、减轻重量

水在冬天沸腾，雪在阳光中
拆解高处的气象哨塔
昨晚，积雪淹没佛的石足
但它眯着眼睛沐浴光芒

白霜打湿前人题诗的字迹
冰冻与流水在交替
风推过松林的声音
老去的枯柳树沾满昨晚的星辰

在落日的堤岸

只有羊群散发清脆的声音

我们怀念去年存在的晚霞

正如我们在雪中捕捉意象的白鹤

窄 门

神灵通过的门, 肉身通过

钵盂把山水插入逼仄的山岗

我们在佛的深山中

镶嵌着未知的毒草, 神灵的慈悲

在自责, 在忏悔

黑夜返回拂晓, 我们折回烟火

一截枯木, 回忆父亲

我在郭家大院, 看到枯木断裂

时间把爱过的事物腐蚀切割

祝福在春天的蛇腹休眠

墨斗遵循枯木的纹路

桃花在墙外盛开

杏树在郊外露出嫩红

一个木匠观察橱柜的木头

墨斗里的线是静默的海面

横卧的尺寸是忙碌的航船

我嚼着你种下的山茱萸果实

"而你的脸，仿佛也放大了。"*

你在薄暮的傍晚挖出新鲜的竹笋

我仿佛看见你的影子靠着枯木

我记得你在夜里收拾工具向晚年走去

*出自阿米亥《静静的欢乐》

南宋古柏

古槐树，修行千年

古槐树，不动千年

菩萨法相庄严，慈眉善目

流民，度化世间的善恶

这棵柏树

在树洞怒放南宋的花蕊

夜晚的古柏渡劫。渡劫。

——那些喜鹊只爱苍茫的树冠

古柏怒放

一座庙门前，古槐树孤傲

仿佛每一片叶子都是青绿色的蝴蝶

鸽子飞过空中的云幕

烟雾迷障的林间

有人在树林砍柴

四月在田野的两株桃树

河流啊，沉默地扎根在河床

迎春花在古老的石壁开放

我们在一座古庙

在一棵古树祈祷

叹惋黄昏，在一个春天虚耗光阴

万象洞短章

1

拒绝光，拒绝火

拒绝镜子的太阳与月亮

我们目光相识的黑暗中

永生的钟乳石

在孕育水作的时间

2

两块石头，在爱的天堂遥望

百年前，它们是蝙蝠的黑影

是乌鸦的眼睛，是悬崖的石穿

是桂树断裂在宫殿

像两个人的发辫缠绕

梳理着漫长的节点

万象在动，万象在静

我点燃篝火

在远古的洞中修炼你我的命运

3

光从缺口透过

黑夜里
——千万樽钙质的佛啊
在狭小的洞里辩经

狭窄的水
鱼的眼泪
天然的修道场

我在石头上抚摸生长的痕迹
迟钝的力量像利刃
尖锐地伸出灵魂的触手

4

似猴似狮似马似罗汉似佛……
有人融化沉寂的泉眼
有人建造宏伟的宫殿
无数世纪后，我看到茂密的森林
在今晚的梦中醒来
我的手触摸到什么

那些鹿群的鹿角遥远而清晰

5

石头死去,却又活过来

众神聚会,把酒寻春

红了脸的血液

击中我的心房。那骤然的

激灵让我

在无数的眼睛里

目送每一滴水的重生

焦杨,男,康县望关人。甘肃省作家协会会员。作品散见于《星星》《飞天》《诗潮》《北方作家》等刊物。

风吹过，草木相互依偎

赵小军

八福沟遇福

走了很久，只遇见一个"福"字

八福聚齐没有那么容易

美好的事物总是要跋山涉水

我本是平庸的人，遇见一个"福"字

便是幸运的

裕河的早上

山野青翠，云雾弥漫

风吹过

草木彼此依偎

街道上

是早起的风和不知名的鸟儿

我走过, 没有理会

只有坐在门槛上吸烟的女人, 心怀慈悲

一口烟

吐露在这片安静的土地上

钟乳石

两亿年来

每一滴水的撞击

都在黑暗中重塑着一个秘密

遇见油菜花

田地里, 没有比这金黄更加肆意

没有比这金黄更加耀眼

高的, 矮的

一朵挨着一朵

斗色争妍, 芳香四溢

每当河风一过, 成片的油菜花

倾伏身子, 形成一种花海的波涛

阳光下，每一束油菜花都举起小酒杯
盛满香醇，和慕名而来的游客
干杯

千年白杨树

走进朝阳洞，让我膜拜的不止庙宇，转经轮
还有那棵古树
它，没有因为树干的断裂而枯败
多少年来，一群仙鹤在枝丫上落地生根
再发芽

面对古树
让我心疼的是
一片叶子落了下来

坪垭

白龙江畔
一朵圣洁的莲花悄然绽放

天蓝，云白

信仰，祥和

经幡顺着风，顺着五星飘扬的方向

闪闪发光

赵小军，陇南武都人，武都区作家协会会员，现供职武都区裕河中心小学。作品散见《飞天》《陇南文学》等刊物。

武都，和春天一起盛开

霖音

八福沟微雨

没有什么是雨洗不干净的
只是落到八福沟就变弱
下了很久鞋底还是沾满泥泞
也许　春天用另一种方式停留

我遇到一朵紫花
抱着石头沉睡
八福沟的雨是叫不醒的

茱萸在雨天仰头
雨滴打在花心　渗进肌肤
发动起一场叛变
从青草根下浮出
不同石头躺在河床

我错过了很多次微雨

带着一股漫不经心的疲惫

0.2毫米的距离

你一定知道我来

才会在田埂上张望

我和你隔着玻璃

0.2毫米的距离

我在车内

和诗人谈笑春风

飞鸟　碧水　桃红和不知名

铺满山坡的紫花

都不及你回眸

像极了大地

你在车外

把目光搭在车上

土地　锄头　庄稼和已经

褪色沾满泥泞的素衣

裹着无限希望

把春天拉得很长

这0.2毫米的距离

是我用了30年

踩着三代人的肩膀　才有的

资格

万象洞

时间在万象洞就凝固了

从月宫到天宫

我走了三亿年

水在卧龙坝倒流

石帘从天空洒下

一个飞仙跃出岩壁

桂花的香气开始弥漫

兔子拿着药锤咚咚咚

石头就开始有了生命

春风一过　做起了虚梦

我看见一条龙

将风洞划出一道道鳞片

脚印深陷在石头　蓄满积水

有飞蛾落在脚尖

停顿间　长出龙的触角

我向一块块石头弯腰　膜拜

在一座桥上解除了所有羁绊

张坝古村杏花开

我想告诉你　在张坝古村

我对一朵杏花钟情

这不是白日梦

很确信　春天来了

杏花的浓香很古老

穿过石磨、古树、屋檐、黄牛

引来蜜蜂和人群

春天将古村放在眉间

向一条河流作出告别

一片花瓣落在青石板

我打算趁着花蕊未落

将古村隐姓埋名

在这朵杏花之下　清河之上

建立自己的王国

武都，和春天一起盛开

这是一座小城

对春天的渴望很焦热

花开了　鸟也飞

一种沉寂被喧闹打破

大地在重生

白龙江带走最后一抹晚霞

野鸟变得焦虑

趁着万物睡眼朦胧

我把脸贴近春风

将自己分成两半

一半在南方

一半在北方

武都的春天

在北纬33°

季节是不可靠的　　时间也是

彩虹伸向大片菜花

天空　大山　小屋　炊烟和诗人

人间变得丰满

春天在大地上做出一幅油画

女孩在田埂奔跑

蝴蝶追着笑声转起圈

春天把偏爱化在风中

这满山金黄　有一朵属于她

在花田　风一动

就是一个春天

霖音，原名张晓娟，出生于甘肃庄浪，现居甘肃武都。现为陇南市武都区影视家协会副主席。作品发表于《飞天》《甘肃日报》《戏剧之家》《陇南日报》《陇南文学》等报刊，并编剧、策划影视作品多部。

写给武都（组诗）

何珍

白龙江

白龙江光着脚，踩着坚硬的石头
一朵浪花，一个脚印
每一步，都是万颗生灵的种子

她把自己赤身裸体地交给大地
坦荡的流
是她对生命最圣洁的虔诚

武都，仅是她途经的一部分
在其他地方
她有和白龙江一样的其他名字

在万象洞

一滴水的力量有多大呢

你来与不来

它都在滴

滴在岩石上，缝隙里

不知去向。没有人问

钟乳石上，时间的痕迹

被一颗水滴无限拉长

连接着行人的脚底和头顶

连接着天和地

它和你对话静悄悄地

不急，不躁

遇见张坝，就找到了乡愁

从儿时离家上学开始

我就在成长的途中遗落了故乡

此后的春天，等不了外出的游子

只知道花开，没有声音

遇见张坝，时间被定格

抚摸一棵古老的树

翻阅时间的年轮

目录,就是她认路的孩子

青瓦,土墙

火塘,木窗

这是一去不复返的光阴

唯一留下的,一点安慰的话

遇见裕河,遇见你

在这里,云从山间过

水从石上流

遇见你,就不需要世俗的笔书写

我们只管读

风吹到哪里,就读到哪里

这是神赋予我们的爱恋

雨落下来,就不要太匆匆

哪怕我们是在走向彼此的彼岸

这小路的泥泞

想要你我慢一些走

把这满山的云雾倒满

把我的爱倒满。我给你的

裕河的山水有多大，我的爱就有多大

它能盛下天上的雨，地上的河

和我们的，一整个后半生

正月

大山醒了，眼睛一睁

樱桃花就开了

在这个季节的武都相遇

就请大胆地亲吻，大胆地爱

这满城的草木和花蕊

足以盛下我们的前世和今生

风过北山

风过北山

山下的小城愿做你停息的驿站

你从哪里来，要到哪里去

你不说，我不问

你是不被定义的风

你将故事寄存于我

我将浪漫与祝福打包，寄托给你

等你

我在武都等你

等你的秀发佛过我炽热的胸口

等春风到来，我的掌心藏满温柔

请不要问，也不要说

当你走过这开满迎春花、油菜花、樱桃花的田园

轻一点，再轻一点

太匆匆，不是我给你的答案

星星上的人

黑夜降临

武都的天空拉上一层幕布

山上点点灯光

守护着武都的宁静

当你站上白裕河边的堤岸

指向城边被夜色包裹的北山

问我那是山上的人，还是天上的星

住在星星上的人，是我给你的答案

何珍，陇南市作协会员，偶有作品发表。

海是你奔腾着的信仰（组诗）

胡伟

武都

酷似一口锅

世代的乡民皆在锅底

尘世很低

途经的人无需仰视

北回的燕子衔来春天

绿色，正从山脚悄悄爬起

一只陌生的蚂蚁

行走在武都的街上

一次次地，辨不清东南西北

听白龙江水滔滔不绝

看火车站旅人川流不息

锅底很大

多少回我都没能找到山脚

锅口很小，无论怎么抬头
都只能看见架在山顶的天空

武都的山

巍峨，高耸，顶天立地
如同久经修行的道者
吞云吐雾

途经你的人，一次次仰望
而你，把神秘的脸庞
始终藏在云里，雾里

你把天空高高举起
让行走尘世的人
直着腰杆，高抬头颅

白龙江

你一定是从高处来
才会如此地从容不迫

不断选择低处，汇积小流

向着远方风雨兼程

遇宽处你慢走，过窄处你急行

我看到你

平静之下隐忍的气势磅礴

你只是从武都路过

向海而行，奔流不息

海是你奔腾着的信仰

不语的远方

金鱼桥

一桥飞架南北

天堑变通途

南来北往的行人

轻而易举地

通过你，跨过白龙江

今夜，我行走在玻璃桥面上

不得不高抬久低的头颅

只为了看不见自己的空悬

因为恐高

即使步步惊心

也要装作若无其事

像极了生活

蔷薇花

我终于在书本之外

见到了你

你使武都的春天典雅

而富有诗意

盛开在东江中学的围墙上

在风中点头招手

像一个个淘气的孩子

这些年，你只活在我的字典里

我曾一千次、一万次地猜想你

你不像牡丹那么张扬

不及玫瑰那样热烈

你只是在春天

诗意地开放

那个和我一样陌生的行人

回头望了一眼

又一眼

胡伟，甘肃西和人，中国诗歌学会肃省作家协会、陇南市诗歌学会、陇南市作家协会、西和县作家协会会员合著诗集《北斗七星诗选》。

武都春早

伊人

初遇坪垭

坪垭的云很美, 风也轻
经幡在吉祥的风中摇曳

每一朵油菜花都在虔诚朝圣
不惊扰红尘俗世中的一草一木

在属于自己的因果里轮回
我虔诚问候了坪垭
顺带问候了佛

遇见一朵花开

初春
校园最早的花开了
不知是独自争春

还是孤芳自赏

花开花落又一春
人也如斯
朝起笑靥如花
暮来两鬓斑白

一朝一夕又一生
再见青春
再见过往
一些谎话，一些结果

油菜花

来不及犹豫
三月的菜花已开
来不及徘徊
春天的新柳已绿

所有繁华落尽
想必到头来都成烟雨
随花谢，随月弯

坐看云卷云舒

晚风透过窗棂悄悄渗入
留一阵冰清彻骨的痛
裹一身素素淡淡的忧

美景如斯
花黄沾满洁白的裙裾
你若不来，我便不老

杨崔娥，小学老师，文学爱好者，武都区作家协会会员。

白龙江（外一首）

吕敏航

一条江以龙命名，有龙则灵，多好

一脉龙息穿过米仓山

呼哧一声，武都城动一下

从此，人间多了一尊守护神

淙淙流动的经卷，绕过山脚

武都的白腰带宽敞了许多

风吹雨打，是这个季节最美的歌词

白龙江的音符跃动一下

气候就温润一分

出门在外的人心安就多一层

锦鲤桥

一条鱼横卧在白龙江上

混凝土和玻璃两种材料镂刻出骨骼

灯光连起血肉，闪烁的语言是夜晚的衣衫

一些人在桥面拍照，一些人颤抖的腿

传递信息，透明之下，两米开外的高

顿生恐惧，这些情愫，白天褪去艳丽的服饰

晚上才出来抖落尘埃

还原古渡曾经出现的盛况

一条鱼走过千年

人存在于一瞬

像江面的标点标错了位置

呼哧一下，就是一生

吕敏航，笔名漠秋，甘肃西和人，中国诗歌学会、中国散文家协会、甘肃省作家协会、陇南市作家协会会员。作品散见于《诗刊》《诗选刊》《绿风》《新国风》《中外文艺》《作家报》《当代小说》《兰州日报》等报刊，曾有诗作入选《当代诗歌散文精选》《中国当代诗人作品精选100家》《2016中国诗歌选》《中国当代诗人代表作名录》等多部图书，出版专著《桨声帆影》。

我的欲望，以及出广严寺有感（外一首）

跃跃

我求佛高升
佛微笑着
我求佛发财
佛微笑着
我一边做坏事
一边装腔放生
佛依然微笑着

后来
我才发现

佛从不高高在上
高高在上的是我
树从不见风使舵
见风使舵的还是我

朝阳洞

一滴水要经过多少沉淀和坚韧

才会以石头的方式涅槃

一块石头

要经过多少忍耐和承受

才会接纳一滴水的洞穿

一滴水选择

在石头上隐居

一块石头则选择

放弃入水的声响

水有水的坚韧

石头有石头的脆弱

只有人

从来不按套路出牌

以至于，在这些水和石头面前

显得格格不入

马跃军，笔名跃跃、徐来。系中国诗歌学会会员、甘肃省作家协会会员、甘肃省书法家协会会员，西和县青年书法家协会副主席兼秘书长。作品发表于《飞天》《诗潮》《延河》《华山文学》《陇南日报》《天水日报》等报刊。

喜鹊飞过马蜂包（外一首）

范志刚

哪里有最抚人心的烟火气

哪里就有喜鹊报喜

二月，春天打开时光的卷轴

麦苗拔节声声

一只喜鹊衔一枝问候

飞越麦田，在马蜂的房前

驻足，察看

"喳——喳——喳"

脆亮的叫声闯进耳朵

叩启树的心扉

挂在树上的马蜂包

俨然树结的果子

一棵树矗立，内心江河汹涌

若有马蜂包作心脏

就泵出更多的动力与热血

薄暮迫近，喜鹊再次飞过马蜂包

一枚胖乎乎的月亮

挂在天幕

静静聆听喜鹊与马蜂的对白

春鸟掠过树枝

一棵树伸出手臂

把鸟儿抛向空中，目送远去

又掰着手指头，静待归巢

飞鸟掠过的树枝

是振翅的起点

把天空留给飞鸟

把飞鸟还给天空

树做到了

千里万里之外，飞鸟

在天空飞行

触摸春天的心跳

而树，在等着它们归来

范志刚，笔名钢铁斐侠，中国诗歌学会会员，甘肃省作家协会会员，陇南市作家协会、诗歌学会会员，任教于文县二中。作品发表于《少年文史报》《飞天》《都市生活》《五台山》《北方作家》《安徽科技报》《陇南日报》《天水晚报》《陇南文艺》《陇南文学》《祁山》《同谷》等报刊。

武都春早（组诗）

包苞

万象洞

1
一滴水怀孕
生下石头

她不停生
直到生下一个世界

2
水在洞中是创世
出了洞
就是哺育

水是万物的母亲
她把爱
像灯一样

点到石头体内

水流经过的地方
世界有了心跳

3
袅动的石头如时间的丛林
有人在此遁入钟乳内部

我以手拍石
石头发出开门的声音

我侧耳倾听
石头之中似有鸡犬之声相闻

4
石头上可种田。
插秧的人刚刚离去，水面
在轻轻晃动，好像水中
养着一个秋天

5

有人指认坐在田头的人
是一尊菩萨
但我知道，那是歇晌的父亲
在凝视自己的江山

在他的身后，牛在摆尾
狗在撒欢，田禾静静成长

6

石头的狮群正在经过
时间中也有呛人的灰尘

寂静中，一只蝴蝶款款飞来
在雄狮的鼻尖停了一会
又朝时间深处
款款飞去……

7

在石头上种花
在看不见的游丝上
修路。就是等待的铁杵

磨着爱的绣花针

我是你的故乡，你是
我的天堂。而天空，也为相逢
备好了闪电和雷霆。

8
一根石笋
在时间中哭泣
它是哭一场适时的好雨
还是哭赶路的锄头？

9
一定，有一个春天
藏在石头体内

一定，有一只好看的蝴蝶
飞在时间中

10
幽暗中，有一群人
举着松明

朝石头深处走去

也有一群人

谈笑着，从石头中走来

去了更远的地方

我看不清他们。他们

就住在崖壁

那些斑驳的墨痕中

11

江山可以再挤一挤

也可以抻开

但这都不影响一个人

骑着毛驴

朝群山走去

得得蹄声清晰可鉴

如莲花盛开

12

举头三尺

有水滴

水滴深处
住着神

月明星稀夜，有人
在谈天：

嘀嗒、嘀嗒、嘀
嗒……

                           2023.3.28

张坝古村

1
住多久，
才能成为故乡？

爱多深，
才能成为亲人？

在张坝，我这样问时，

风把一树杏花

吹落满地。

2

房屋可以倾塌，

村民，可以迁走，

但记忆，

已经沁入了时间的包浆。

一阵风过，

雕花的窗户

还会徐徐打开。

一阵雨过，

石板路，

还会响起归来的足音。

3

我用手抚摸一块木雕上的梅花时，

站在枝头的那只喜鹊

突然叫了。

4

我注视一只刻在石头上的梅花鹿时，

不远处的山林里，

藏着另一只。

5

西蕃人

究竟是些什么人？

那些刻在石头上的神兽

究竟是谁的坐骑？

一些人不见了，

但另一些人

被錾刀刻进了石头。

他们的祈祷，

至今还在进行。

6

站在木楼上

抬头，看见邻家的窗户。

窗户的后面，

仿佛

有一枝桃花在笑。

7

站在木楼上，看见

一条小路

消失在密林深处，

另一条，

却又在大山的肩头

折返回来。

8

有人在远方立军功，

有人在家中建祠堂。

张坝的最高处，

建着观音庙。

观音菩萨从不搬家，

他在等那些归来的人。

9

陇南的山

都像等待号令的将士，

而张坝的山，

为什么像一把琵琶？

团鱼河流了千年，
赴远的心
弹响的都是归来。

10
再破旧的故乡
都是游子心头的月亮。

纵使十万大山
阻塞归途，
张坝的千年菩提树，
依然听得见返乡的铃铛。

                                    2023.4.2

白沙沟看金丝猴

1
一群所谓褪了毛的猴子
去看一群拒绝褪毛的猴子
中间隔着

理想主义到经验主义的壕沟

如果时间一直倒退

他们

能回到同一片山林吗?

2

投喂点的高音喇叭

播放的流行歌曲

对于一群金丝猴来说

等同于香甜的香蕉、苹果

或者黄澄澄的玉米粒

对于一群气喘吁吁的游客来说

就是一次心照不宣的约定

他们究竟要看什么

其实谁都说不清楚

但猴子清楚,它们因何至此

3

歌声就是约定

歌声就是拴在猴子心头的一根绳子

歌声也就是不劳而获的一顿免费午餐

它们循声而至

身上还粘着昨夜的雨水

和路途上的泥土、草屑

4

它们有金色的毛发

也有蓝色的脸眶和睾丸

它们对人的残忍记忆犹新

但对善意的投喂也笃信不疑

二十年的投喂

足以让胆大的那些深入人群

但总有一部分

仍然警觉地站在远处

5

它们接过香蕉的小手

让人怜爱

它们看着人的眼神

让人羞愧

但雨水打湿的毛发

还是令人担心

（也许这种担心是多余的）

6

都是猴子

但总有一些拥有优先进食的权利

有一些，只能眼巴巴看着

拾人牙慧

猴群中的规矩比人群中的

更加森严

那只只有一只耳朵的猴子

体会更加深刻

7

猴王站在高处

在首领心中

总有一些东西要比食物更加重要

它的捍卫

让它更加威风凛凛

8

那只断腿的猴子

会受到猴王的保护

它的腿

一定是为了集体利益而断

这原始的情谊

让人动容

9

好看的猴子

属于勇士

爱是打斗出来的

每只猴子的宝宝

都是英雄的果实

它会受到集体的呵护

10

不要逗骗一只乞食的猴子

也不要去摸它怀抱中的孩子

在猴子的世界

没有施舍

也没有怜悯

它对你的信任，要珍惜

11

最漂亮的猴子

总在摆姿势

它似乎早已洞悉人心

最凶猛的猴子

总在最有利的进攻位置

它们似乎

也早已洞悉人心

12

最后进食的猴子

只能捡到果皮

但它们很满足

饥饿给予它们的

要比饱食

给予它们的更多

13

猴群散了

人群，也就散了

经验主义者再次获得山林

而理想主义者

也重新返回了理想世界

从经验主义到理想主义

中间隔着狭长幽深的白沙沟

隔着雄奇险峻的西秦岭

隔着一道又一道的

物种断层

2023.4.5

广严院

1

广严院，也叫柏林寺。

树活千年就成了神。

有人听到古柏的体内敲木鱼的声音。

2

广严院的单檐挑角灰瓦歇山顶

夜夜悬停明月; 它的鸱吻

张嘴吞脊的缠枝牡丹虽经千年风雨

依旧丝毫没有败相。

即使散落草丛的那一朵, 依然

散发着大宋的审美芳香。

大雄宝殿曾做过粮站的库房。

错置的檐板和"团结紧张严肃活泼"的

朱红标语,

仿佛给广严院披上了一袭缀满布丁的袈裟。

鲜红的挖掘机正在平整门前地基,

门前的老槐新芽初绽, 如炬如烛。

3

广严院始建于宋代。

如果沿着时间上溯,

郁郁葱葱的柏树会重新覆盖拽龙山。

那些作古的僧人

也会一个个从大地深处活过来。

而一条小路，穿过连绵群山

上面走着牵马的人、骑驴的人、推车的人，

也走着挑书的童子和吟诗的读书人。

天黑前，他们都要在此投宿。

那时的武都叫阶州，

广严院还是福津县治。

那时的皇上，不爱杀伐，却痴迷纸上烟云，

夜夜，都在用瘦金体，

抄写着《千字文》……

4

我更喜欢"柏林寺"的民间身份。

以树为僧，柏林寺就无人能毁。

广严院最高最大的那棵古柏

距今960多年，

立于高台，如住持方丈；

而殿前的另一棵，古枝如龙，

枝杈间

有一个硕大鸟巢。

明月夜，古屋寂寂，鸱吻吐芳，

风动树叶, 如众僧合唱。

2023.4.9

裕河山中

1

一溪水, 从满山的绿中流淌出来,

也仿佛是从它流经的每一块石头中流淌出来。

流水经过一树桃花时,

它流经的每一朵倒影也是害羞的,

以致流水流出很远, 才听到身后的笑声。

2

一只白顶溪鸲站在石头上,

红红的尾巴翘一下,

水中的那一只, 也会翘一下。

流水和石头, 同时获得了心跳。

3

流水分开满山绿翠,

一树梨花白在水边, 一树桃花

粉在半山。仿佛一袭嫁衣拥有两处刺绣。

而山水的纽扣,锁着春天羞涩的心跳,
总是找不到第二颗。

4
经过桃花的流水,
也在经过一树树山茱萸,
经过一树树野樱桃。
流水仿佛一袭崭新的花轿,
坐着害羞的落花。

5
一树珙桐在水边欣赏自己的倒影时,
一只大熊猫
正在对岸汲饮。
有一种古老的甜蜜通过流水完成了交换。

不要惊吓一只饮完水走向密林的大熊猫。
美受到惊吓,会变成石头。

6
古老的珙桐树自成王国。每一朵花
都是自己的传奇。

珙桐花的盛开和凋落是美的两种形式，

它只属于静静的山林。

7

春叶胜花。不要对一星嫩芽的呓语过于惊奇。

也不要对拦路的荆棘小题大做。

这不过是接近了荒芜的锦绣在等春风剪裁。

8

一些流水，会从一棵大树的身后窜出，

一些，则会从无路的绝壁跃下。

这是欢乐的游戏，不断为美的生成另辟蹊径。

9

一只红腹锦鸡正在经过一条溪水，

她的倒影

像一丛隐秘的火焰。

10

一只蓝马鸡正在静静的山林为异性放歌。

一群金丝猴忽然掠过树梢，爱情

受到惊吓，又复归沉寂。

11

在水边的石头上，

有一丛鸢尾，

那是神仙的妹妹。

12

深山

有笑声。

隔水看见一树樱桃花正在迎风。

风摇落的花瓣落在了石头上，

忽然，

自己翻了个身，

又落在了流水中。

13

一只红嘴蓝鹊出现时，

它的身后

会有许多蓝鹊。

一只鹰鹃出现时，

它的视野中

不会再有第二只。

14

一只角鸮叫时，

整座山林都在倾听。

一只噪鹛叫时，

整座山林都在叫。

15

风，在偷运一缕暗香，

而蝴蝶，在制造一阵风。

阳光在青苔上撒满了树影的金币，

而兰花，才是芳香的银行。

16

一些大山变成流水去了远方。

一些远方，又变成流水回到了大山。

来来去去的路上，石头有了心跳。

17

我走累的地方，一些花

在用芳香等我。

我俯身，饮下了整座山的清凉。

2023.4.11

朝阳洞

朝阳洞，朝着坪垭藏乡的万亩油菜花田。

前世碧波荡漾，现世坐拥一洞清凉。

洞内有佛坐化，洞外苍鹭在青杨树顶筑巢育雏。

最古老的那棵，已经树寿千年。

2023.4.9

一茎钟乳

我看不见乳房

只看见吸吮的嘴

我看不见成长

只听见哺育

我看到的活着

仿佛死亡

我听到的呼啸

仿佛寂灭

即使死一万次

我也无法证明活着

我只是一滴撞向岩石的水

溅出去的那部分冰凉

2023.3.22

微雨八福沟

桃花照水

是水,把桃花

绣在了心上

梨树临风

是风,把梨树

做了嫁娘

更多的树

把自己

嫁给了身边的另一棵

他们的花

许给了明天

明天，一场盛大的集体婚礼

将在八福沟举行

今天的微雨

在赶织一袭袭

盛典的婚纱

2023.3.23

张坝古村落

房子是老的

但气息，是新的

即使老住户

也多是常年外出

犹如房客

只有村头那棵老杏树

才像真正的主人

花开如探亲

果熟如访友

即使被你发梢带走的那几片粉红

风吹，也会原路返回来

2023.3.23

裕河土蜜蜂

在裕河，对于一只土蜜蜂来说

野桂花才是桂花

野樱桃才是樱桃

野桃花也才是桃花

所有经过农药豢养的花朵

它都拒绝

在裕河，对于一只土蜜蜂来说

花朵要好看

要香，要有酿蜜的花粉

花朵就自成大路

当然，在裕河

对于一只土蜜蜂来说

这个世界没有偷盗

没有窃取

也没有奴役

活着就要劳动

出工，就要带着花粉回来

当然，在裕河

对于一只土蜜蜂来说

崖蜜，和其他蜜也没有区别

它们都来自辛勤的劳动

来自芳香的花朵内部

当然，对于一群

把蜂巢筑在绝壁上的蜜蜂来说

蜜蜂也没有土洋之分

甜蜜，只来自于不停地飞动

和静静地守候

2023.3.24

夜雨

雨下了一夜

裕河的水涨了许多

一树野桃花

不堪雨水重负

临水的枝条

直接断折在了河水中

好看的花瓣

会飘去春天更深的地方

雨水压断的枝条

明年，还会开出更多的花来

我们沿河走着

碰到一群湿漉漉的孩子时

阳光冲破浓雾

照了下来

快乐的孩子

仿佛也来自古老的枝条

2023.3.29

包苞，甘肃礼县人，中国作家协会会员，鲁迅文学院第二十届高研班学员。
2007年参加诗刊社第二十三届斋堂青春诗会。出版诗集多部。